W0220843

»Die Erzählungen und Gedichte der Schauspielerin, Filmemacherin, Sängerin und Autorin Erika Pluhar sind kleine, feine Geschenke, die wir nur allzu gerne entgegennehmen.« *Bücherfrauen*

Geschichten von allerlei Paaren: von liebenden und getrennten, von Zufallsbekannten und Leidensgenossen, von einem kleinen Mädchen und seinem erfundenen Vater, einer werdenden Mutter und ihrem ungeborenen Kind – Paare, verkuppelt vom Zufall, von der Sehnsucht oder vom hinterlistigen Leben …

Einfühlsam und augenzwinkernd spürt Erika Pluhar dem dritten Wesen »Paar« nach und erzählt, was Menschen auf der Suche nach dem anderen widerfährt.

Erika Pluhar, 1939 in Wien geboren, war nach ihrer Ausbildung am Max-Reinhardt-Seminar lange Jahre Schauspielerin am Burgtheater Wien und als Sängerin tätig. Bislang veröffentlichte sie mehrere Romane, Gedicht-, Lieder- und Erzählungsbände. 2009 erhielt sie den Ehrenpreis des österreichischen Buchhandels für Toleranz in Denken und Handeln.

Im insel taschenbuch liegt außerdem von ihr vor: *Spätes Tagebuch*. Roman (it 4091).

insel taschenbuch 4183

Erika Pluhar

Paar Weise

Erika Pluhar

Paar Weise

Geschichten und Betrachtungen zur Zweisamkeit

Insel Verlag

Umschlagfoto: Rolf Brenner / Getty Images

Erste Auflage 2012
insel taschenbuch 4183
Insel Verlag Berlin 2012
© 2007 Residenz Verlag im Niederösterreichischen Pressehaus
Druck- und Verlagsgesellschaft mbH St. Pölten – Salzburg
Lizenzausgabe mit freundlicher Genehmigung
Alle Rechte vorbehalten, insbesondere das der Übersetzung,
des öffentlichen Vortrags sowie der Übertragung durch
Rundfunk und Fernsehen, auch einzelner Teile.
Kein Teil des Werkes darf in irgendeiner Form
(durch Fotografie, Mikrofilm oder andere Verfahren)
ohne schriftliche Genehmigung des Verlages reproduziert
oder unter Verwendung elektronischer Systeme verarbeitet,
vervielfältigt oder verbreitet werden.
Vertrieb durch den Suhrkamp Taschenbuch Verlag
Umschlag: bürosüd, München
Druck: CPI – Ebner & Spiegel, Ulm
Printed in Germany
ISBN 978-3-458-35883-1

(Ihr war, als ob alles sehr rasch dahingegangen sei. So rasch wie das Erzählen einer Geschichte. Auch wenn man meint, viel Zeit dabei verloren zu haben, Zeit verliert man nie, sie vergeht nur. Und innerhalb des Vergehens stets man selbst, unbelehrbar Dauer einfordernd. Als ob alles für immer sei, nur weil es ist.)

Im Zug

Der Intercity Schnellzug fuhr pünktlich von Frankfurt ab. Er beschloß, sich gleich in den Speisewagen zu setzen, denn er hatte seit dem Morgen nichts gegessen, und er hatte Lust auf ein Glas Weißwein. Die Kellner trugen Bierkisten vorbei und beachteten ihn eine Weile lang nicht. Er schaute aus dem Fenster. In der getönten Scheibe sah er sein Gesicht gespiegelt. Dahinter glitten Häuser vorbei. Der Zug überquerte einen Fluß.

Er betrachtete seine hervorspringende Nase, die schlecht rasierte Oberlippe, die schweren Linien neben seinem Mund. Ich sehe alt aus, stellte er fest. Da die Sonne durch das Waggonfenster auf ihn fiel, hing er selbst, in vorgebeugter Haltung, beide Unterarme auf den Tisch vor sich gelegt, überdeutlich vor der vorbeifliegenden Landschaft. Das wird nichts mehr Rechtes, dachte er, strich aber mit der einen Hand sein Haar hinter das Ohr. Dann versuchte er, die Augenbrauen etwas höher zu ziehen, doch dadurch gerieten sie über den Rand seiner dunklen Brillen und gaben seinem Gesicht etwas Clowneskes. Ich gebe auf, war sein nächster Gedanke. Eine Weile starrte er noch auf das hell beleuchtete Gesicht, hinter dem jetzt ein rötlicher Herbstwald durch das Fenster zog. Dann wandte er sich der Speisekarte zu.

Verwundert, hier finnische Spezialitäten angeführt zu finden, wählte er eine Erbsensuppe mit kompliziertem Namen und gefüllte Piroggen. Einer der Kellner trat an seinen Tisch, nahm die Bestellung entgegen, brachte kurz darauf den Weißwein und stellte einen Teller Piroggen vor ihn hin. Er trank sofort einen Schluck Wein und wandte sich dann wieder dem Fenster und dem unvermeidlichen Anblick seiner selbst zu. Der Einfallswinkel der Sonne hatte sich jedoch verändert, und jetzt war es das besonnte Land, das leuchtete, sein eigenes Gesicht lag wohltuend im Schatten. Sieht sofort besser aus, dachte er, es war das grelle Licht, das hat übertrieben.

Der Zug eilte nahezu geräuschlos dahin, er fühlte sich sanft gewiegt.

Als Kind hatte er auf Eisenbahnfahrten immer im Rhythmus der Fortbewegung Worte gebildet oder seltsame abgehackte Liedchen erfunden, damals war ihm alles laut und rhythmisch erschienen, die Menschen schwankten durch die Waggons, unter den Rädern ratterten die Schienenschwellen, die Lokomotive pfiff, alles war in lärmender Bewegung. Nichts von dieser abgeschirmten luxuriösen Ruhe, in der ich jetzt dahinfahre, dachte er.

Genau in diesem Moment aber legte sich der Zug abrupt in eine Kurve, die Türe des Speisewagens flog auf, und eine Frau wurde in seine Richtung geschleudert.

»Hoppala«, sagte sie und fing sich mit beiden Händen am Tischrand auf. Dann lachte sie ihn an. »Was hat er denn plötzlich, dieser feine Zug? Er wird uns doch nicht entgleisen wollen. Entschuldigen Sie bitte.«

Er lächelte höflich zurück.

Sie richtete sich auf und hielt Ausschau nach einem freien Tisch. Er sah, daß sie sehr groß war, um einiges größer als er.

»Wie blöd –«, hörte er sie murmeln. Sie nickte ihm zu, schob den Riemen ihrer Umhängetasche höher auf die Schulter und wollte weitergehen. Schnell sagte er: »Wollen Sie sich nicht zu mir setzen – da es Sie schon mal zu mir hergeweht hat?«

Sofort schämte er sich für diesen matten Scherz. Auch die Frau, deren Gesicht bereits freundliche Zustimmung erfüllt hatte, runzelte leicht die Stirn und schaute ihn unschlüssig an. Dann sagte sie: »Also gut«, und nahm ihm gegenüber Platz.

Er sah, daß sie nicht mehr jung war. Der Blick, den sie auf ihn richtete, besaß eine ungewöhnliche Bestimmtheit. Ihre Augen sind schön, dachte er.

»Mich weht es nirgendwohin«, sagte sie. »Ich habe mich jetzt freiwillig zu Ihnen gesetzt, weil dies der einzige freie Fensterplatz ist. Nur um das zu klären.«

»Natürlich.«

Sie muß mich für einen Trottel halten, dachte er. Erst lasse ich sie herwehen, und dann fällt mir nur ein, daß alles ganz natürlich ist.

Es erleichterte ihn, daß der Kellner jetzt die finnische Erbsensuppe brachte, die aussah wie eine normale Erbsensuppe, und den Teller mit einem »Bitte sehr« vor ihn hinstellte. Die Frau bestellte Eintopf und ebenfalls Weißwein.

»O je«, sagte sie dann, »man darf hier nicht rauchen.«

»Nein, leider«, sagte er und begann seine Suppe zu löffeln.

»Hm«, brummte die Frau, legte jedoch die Tasche, die sie bereits angehoben hatte, wieder neben sich auf die Bank. Dann schaute sie aus dem Fenster. Er sah jetzt ihr Gesicht, das von der Sonne beleuchtet war, in der Fensterscheibe gespiegelt. Sie selbst schien durch dieses Gesicht hindurchzusehen, ihr Blick war in die Ferne gerichtet, hinaus in das herbstliche Land, das vorbeizog.

»Ein schöner Tag«, sagte er und dachte gleichzeitig: Ich habe doch tatsächlich verlernt, eine Konversation zu führen. Sie wandte ihm jedoch den Kopf zu und lächelte. Es war ein Lächeln ohne Spott.

»Ja«, sagte sie, »es ist herrlich heute. Diese letzten Herbsttage, wenn sie vollkommen sind, greifen mir immer ans Herz.«

»Sie machen einen traurig«, sagte er.

Vor Überraschung vergaß er, den Löffel zum Mund zu führen. Er starrte den Löffel an und fühlte, daß er errötete. Machen mich die letzten schönen Herbsttage traurig? dachte er verwirrt. Das wußte ich gar nicht.

Er senkte den Löffel wieder in die Suppe und hörte auf zu essen. Statt dessen sah er jetzt ebenfalls aus dem Fenster und auf die Weinhänge, die in der Sonne glühten. Die Hügel schienen sich leise zu drehen und die abwärtslaufenden Bahnen der Weingärten wie einen Rock um sich zu schwingen.

Er fühlte, daß die Frau ihn immer noch anschaute, und zwang sich, ihr seinen Blick zuzuwenden. Sie lächelte nicht mehr, und daher ließ auch er den Versuch bleiben, sie anzulächeln. »Tja«, sagte er nur.

»Fahren Sie bis Hamburg?« fragte sie.

»Ja«, sagte er, »und Sie?«

»Ich nur bis Bonn.«

Unwillkürlich hatte er zurückgefragt, aber weder schämte er sich dafür, noch runzelte sie die Stirn. Unglaublich, was geschieht, wenn man über den Herbst spricht, dachte er.

Jetzt brachte der Kellner die Schüssel mit dem Eintopf und das Fläschchen Weißwein, stellte beides vor die Frau hin und goß ihr Wein in das Glas. »Danke«, sagte sie. Dann begann sie vorsichtig zu essen, sie blies auf ihren Löffel. »Ist noch heiß« erklärte sie und warf ihm dabei einen kurzen Blick zu. Wie ein Kind, dachte er, jetzt hat sie ausgesehen wie ein Kind.

»Darf ich mit Ihnen anstoßen?« fragte er und hob sein Glas. Auch dieser Satz war ihm leicht gefallen. Er wollte mit dieser Frau unbedingt auf etwas trinken. »Ich möchte mit Ihnen auf irgend etwas trinken«, fügte er hinzu.

Sie legte den Löffel beiseite, tupfte sich mit der Serviette den Mund ab und hob ihr Glas.

»Worauf?« fragte sie.

Ihre auf ihn gerichteten Augen waren wieder von einer Bestimmtheit, vor der es keine Ausflucht zu geben schien.

»Auf –«, er stockte. »Auf diesen Herbsttag«, sagte er dann, »weil er mich traurig macht.«

Sie erhob keinen Einwand, sah ihn nur ruhig an, und sie ließen ihre Gläser gegeneinander klingen.

Nachdem sie beide getrunken hatten, fragte sie: »Macht Sie denn selten etwas traurig?«

»Ich spreche selten darüber«, antwortete er.

»Und warum?« Sie nahm einen Löffel Eintopf und gab ihrer Frage dadurch Leichtigkeit.

»Ich spreche selten über so was.«

»So was?«

»Nun ja – über – über Gefühle.«

Sie schwieg und aß langsam weiter. Ihm gefiel, daß sie schwieg. Eigentlich hatte er, nachdem das Wort »Gefühle« ausgesprochen war, eine dieser Frauenantworten erwartet, in denen so schnell die Bemerkung »typisch männlich« vorkommt. Oder vielleicht hatte er sich nur daran erinnert, daß viele Frauen so zu kontern pflegen. Nein, sie sagt so etwas nicht, dachte er.

»Zu fühlen ist wichtiger als darüber zu reden«, sagte sie.

Sie schob die Schüssel mit dem Eintopf zur Seite und trank Wein. Dann lehnte sie sich zurück und seufzte.

»Jetzt wäre eine Zigarette wirklich gut.«

»Wir können in ein Abteil –«

»Nein, nein«, unterbrach sie ihn sofort, »es ist angenehm hier.«

Sie schaute ihn an, und wieder dachte er: Sie hat schöne Augen. Ihr Blick ist schön, das vor allem. Sicher, die Augen sind groß, die Farbe, dieses bläuliche Grau, ist auch nicht schlecht, aber was sie schön macht, ist dieser Blick. Er weicht nicht ab.

»Sie haben schöne Augen«, sagte er.

Wieder sah sie ihn nur forschend an. Der Zug glitt schnell dahin. Sie befanden sich nun im Rheintal, er fühlte das Aufblitzen das Flusses im Augenwinkel.

»Sie gefallen mir auch«, sagte sie ruhig.

»Ich?« Er hörte selbst, wie ungläubig das klang.

»Ja. Sie. Warum nicht?«

»Weil – ich habe mich vorhin im Fenster sehr deutlich gesehen. Ich bin alt.«

»Das bin ich auch«, sagte sie, »es hat nichts damit zu tun.«

Sie sahen einander noch immer in die Augen, und es verwirrte ihn nicht. Erstaunlich, dachte er, ich hatte immer Angst vor zu langen Blicken.

»Ich hatte immer Angst vor zu langen Blicken«, sagte er.

»Jetzt nicht?« fragte sie.

»Jetzt nicht.«

Der Kellner kam vorbei und fragte: »Sind Sie fertig?«

»Ja«, sagten beide gleichzeitig und ohne einander aus den Augen zu lassen, und der Kellner räumte ab. Nur die halbvollen Weingläser blieben vor ihnen stehen.

»Kaffee?« fragte der Kellner.

»Nein«, sagten wieder beide. Dann lachten sie und lösten den Blick voneinander.

»Nein, keinen Kaffee«, sagte er, zum Kellner hochschauend, »aber noch Wein.«

Sie hatte sich dem Fenster zugewandt. Ein Widerschein von Gold lag auf ihrem Profil.

»Hier, im Rheintal, sieht Deutschland so aus, als wäre es schön«, sagte sie.

»Ja, das Rheintal ist schön«, antwortete er, »vor allem heute.«

Der Fluß, die Weinhänge, Felsen und Burgen glitten vorüber, sie betrachteten es eine Weile schweigend. Ein Bild löste das andere ab, in großer Schnelligkeit, als würde ungeduldig in einem Bilderbuch geblättert, dachte er.

»Jemand blättert zu schnell um«, sagte sie plötzlich.

Mit einer heftigen Bewegung wandte er sich ihr zu. Er hätte sie gerne berührt, ihre Hände, ihr Gesicht, egal. Daß sie dasselbe gedacht hatte wie er, und im selben Augenblick, erfüllte ihn mehr, als je ein körperlicher Impuls es erreicht hatte. Mit sexueller Erregung hatte dies nichts zu tun. Aber das Verlangen nach Berührung verließ ihn nicht.

Der Kellner brachte eine kleine Flasche Weißwein und goß ihnen beiden nach. Sie sah nun nicht mehr aus dem Fenster, sondern legte die Unterarme auf den Tisch und beugte sich ihm zu.

»Ich bin bald in Bonn«, sagte sie.

»Steigen Sie nicht aus.«

»Doch.«

Er wagte es jetzt, es war ihm unmöglich, es nicht zu tun. Er hob seine Hand und berührte ihr Gesicht. Sie ließ es geschehen und sah ihn dabei an. Er fühlte ihre Wange, glatt und ein wenig welk. So fühlten sich die Blütenblätter großer Tulpen an, wenn sie abfielen und man sie in die Hand nahm. Seine Mutter hatte immer, wenn der Garten voller Tulpen war, Sträuße davon in allen Zimmern aufgestellt.

Seine Fingerspitzen berührten ihre Brauen, ihre

Schläfen, dann den Haaransatz, und sie entzog sich nicht. Ihr Haar war kräftig, ein wenig spröde. Ihre Gesichter waren einander so nahe gekommen, daß er die feinsten Linien in dem ihren sah. Sie sieht mich auch, dachte er, genauso erbarmungslos genau wie ich sie. Aber Erbarmen tut nicht not.

»Nicht noch näher«, sagte sie jetzt, »ich muß bald aussteigen.«

»Ich möchte Ihnen ganz nahe kommen«, sagte er.

»Ich auch«, antwortete sie, »seltsamerweise ich auch. Aber es geht nicht.«

»Seltsamerweise?«

»Ja. Weil nichts geschehen ist, außer daß wir uns gegenübergesessen sind. Nur eine Stunde lang, oder so. Das ist seltsam.«

»Ja«, sagte er. Und dann: »Aber auch nicht. Ich kenne Sie. Ich glaube, ich habe noch niemanden so gut gekannt wie Sie.«

»Nicht übertreiben.«

Sie nahm seine Hand von ihrem Gesicht und richtete sich auf. Dann griff sie nach dem Weinglas und trank es zur Hälfte leer.

»Es ist der Herbst, es sind diese goldenen Hänge, die vorbeisausen, es ist dieses Licht. Es ist unsere Traurigkeit und Herzergriffenheit. Und es ist gut so. Trinken Sie auch.«

Nein, wollte er sagen, nein, nicht so.

Aber er hob sein Weinglas und trank.

Agonie 1

Sie hatte endlich aufgehört zu weinen. Die Bootsmasten am Hafen schlugen im Wind, und dieses Geräusch drang wieder in ihr Bewußtsein. Also stürmt es immer noch, dachte sie.

Sie richtete sich auf, wie ein Kind auf allen vieren, denn sie war bäuchlings auf dem Bett gelegen. Sie sah den feuchten Fleck auf dem Kissen unter sich und schüttelte den Kopf. »So viele Tränen, und für nichts«, sagte sie leise vor sich hin, während sie sich an den Bettrand setzte, mit langsamen Bewegungen, als wäre ihr Körper uralt. Den Rücken gebeugt, ließ sie ihre Arme und die verflochtenen Finger zwischen den Schenkeln herabhängen. Auch die Haarspitzen zu beiden Seiten ihres Gesichts waren nassgeweint. Sie schielte zu ihnen hin und schüttelte erneut den Kopf. Dann zwang sie sich, den Rücken zu strecken und die Haare aus dem Gesicht zu streichen.

Als sie sich entschloß, aufzustehen, klopfte es an der Türe. Sie öffnete nicht gleich, sondern trat zum Spiegel und betrachtete sich. Ihre Augen waren nur noch schmale Schatten zwischen rötlichen Schwellungen, das übrige Gesicht blaß, fast weiß. Die Haare strähnig und feucht. Schließlich zuckte sie die Achseln und ging so, wie sie war, zur Türe. Soll er mich ruhig so sehen, dachte sie.

Als sie öffnete, war er derjenige, der den Kopf schüttelte. »Du meine Güte«, sagte er, »mußte das sein?«

»Komm herein oder geh«, sagte sie, ließ ihn vor der geöffneten Türe stehen und setzte sich wieder an den Bettrand. Das Klappern der Bootsmasten verstärkte sich in den Windböen, und zwischen den halb zugezogenen Vorhängen sah sie ein Stück Himmel, über das schwarze Wolken trieben. Dämmerung erfüllte das Zimmer.

Er trat herein, schloß die Türe und setzte sich neben sie. Auch er saß vorgebeugt, die Ellbogen aufgestützt, die ineinandergeflochtenen Hände zwischen den Knien. In ähnlicher Haltung saßen sie nebeneinander und schauten vor sich hin.

Er seufzte auf.

»Ich wollte dich niemals unglücklich machen.«

»Ja, ich weiß«, sagte sie.

»Was ist also –«

»Ich bin unglücklich.«

»Aber warum?«

Sie sah ihn von der Seite her an und fühlte, daß ihr wieder Tränen in die Augen stiegen. Sie sah sein Profil, schwach erleuchtet vor dem dunklen Zimmer dahinter, sah die Schläfen, den Haaransatz, den schwarzen Bügel seiner Brille. Ohne ihren Blick zu erwidern, legte er plötzlich seinen Arm um ihre Schultern.

»Warum nur bist du unglücklich?« fragte er nochmals. »Alles könnte so schön sein, so ohne Schatten, wenn du glücklich sein könntest.«

»Es geht nicht so einfach«, sagte sie und schaute wieder vor sich hin. Sie fühlte seinen Arm und seine Hand warm auf sich.

»Es geht nur so einfach«, antwortete er.

Sie schluckte und sagte dann: »Einfach ist –«

»Ja?«

»– daß ich – bei dir sein will.«

»Du bist bei mir.«

Er wollte sie an sich ziehen, aber sie sprang auf. Sie durchquerte einige Male das Zimmer und atmete schwer. Dann riß sie den Vorhang der Balkontüre auf und trat hinaus. Das Meer hatte die Farbe von dunklem Schwefel und brach sich an der Kaimauer. Der Wind fuhr ihr ins Gesicht, er war lau und feucht. Sie kniff die Augen zusammen und schrie jetzt.

»Ich kann es nicht mehr hören! Das stimmt alles nicht! Alles stimmt nicht! Ich bin allein! Sag nicht, ich sei bei dir! Alles ist viel zu real, um metaphorisch darüber zu sprechen. Ich leide – verstehst du das nicht? Ich leide!!!«

Sie schrie weiter, und er kam zu ihr heraus. Ihr Schreien vermischte sich mit dem Brausen des Sturmes, dem Anprall der Wogen, und dennoch wandte ein Mann, der am Hafen sein Boot vertäute, den Kopf. Sein Haarschopf flatterte im Wind. Mit gerötetem Gesicht zog er an einer Leine und starrte zu ihnen herauf.

Da sie nicht aufhörte zu schreien, hob er sie hoch und trug sie ins Zimmer zurück. Er warf sie auf das Bett. Dann hielt er sie fest, über sie gebeugt, und schrie ebenfalls.

»Hör auf!!« schrie er mit einer Wildheit, daß sie verstummte.

Schweratmend starrten sie einander an.

»Schau uns beide an«, sagte er dann leise, »ist es nicht schrecklich?«

»Ja«, flüsterte sie.

Er legte sich auf sie und umarmte sie. Sie hob die Arme und umschlang ihn ebenfalls. Langsam rollten sie zur Seite, bis sie einander zugewandt auf den Kissen lagen, die Gesichter so nahe, daß sie sich fast berührten. Ohne sie aus den Augen zu lassen, nahm er mit einer ruhigen, schnellen Bewegung seine Brille ab und legte sie zur Seite. Sie sah die Färbung seines Augapfels, jede Linie der Pupille, sah seine Wimpern, der Schlag seines Lides schien die Luft zu bewegen und als ein leichtes Wehen bis zu ihr zu dringen.

Zadis

Zadis lief mit großen Schritten auf das Haus zu. Es war ein einstöckiger, quadratischer Bau, aus Holzbrettern gefertigt. Dahinter lag der Schilfgürtel, und das Haus schien bereits die Farbe des Schilfs angenommen zu haben, fast darin zu verschwinden. Zadis jedoch erkannte sogar im Laufen, daß die Vorhänge an den Fenstern zurückgezogen waren und die Türe offenstand. Zadis kannte dieses Haus gut, allzu gut.

Dennoch hielt sie in einigem Abstand zur Türschwelle plötzlich an. Stand still und versuchte ihre heftigen Atemzüge zu bezwingen, die den Körper wie Windstöße bewegten. Gleichzeitig hörte sie das Klavierspiel.

Er arbeitet, dachte Zadis. Ich muß ihn trotzdem stören.

Sie hatte eine Weile zugehört, und ihr Atem war ruhig geworden, als sie schließlich das Haus betrat.

Es bestand aus einem einzigen großen Raum, in den aus vielen Fenstern hell das Tageslicht fiel.

Der ausgebleichte Bretterboden hatte ebenfalls die Farbe von Schilfblättern. Außer dem ausladenden

Flügel befand sich in dem Haus nur ein Tisch und ein grünbezogener Lehnstuhl, auf dem, achtlos hingeworfen, ein Regenmantel lag.

Zadis setzte sich auf den Fußboden, gleich neben der Eingangstüre, lehnte den Rücken gegen die Holzwand und zog die Beine dicht an sich heran. Sie tat es lautlos und ohne Diego aus den Augen zu lassen. Er spielte konzentriert und hatte ihr Hereinkommen nicht bemerkt. Sein Profil zeichnete sich gegen eines der Fenster ab, dahinter bewegte sich das Schilf in einem leichten Wind. Die ferne Wasserfläche und der Himmel schienen ineinander überzugehen, von diesem einheitlich dumpfen Grau hob sich auch das verwaschene Gelb des Schilfgürtels nur wenig ab. Der ganze Raum war von gelblichgrauer Helligkeit erfüllt, von einem Licht, das kaum Schatten warf, nur unbarmherzig alles durchdrang.

Als Diego unterbrach und mit Blick auf das Notenblatt kurz innehielt, sagte Zadis: «Ich bin hier.«

Er wandte den Kopf und sah sie an. Erst nach einer Weile lächelte er. Sie kannte das, diese Mühe, mit der er sich aus der Arbeit löste und den Menschen wahrnahm, der ihn unterbrach. Sie kannte es gut, denn sie mußte ihn fortwährend unterbrechen. Es war die einzige Möglichkeit, zu ihm zu gelangen.

»Hallo«, sagte Diego.

»Hallo«, gab sie zur Antwort.

Er rieb sich die Stirn. Dann fragte er: »Ist etwas?«

Seine Stirn war jetzt gerötet und die Augen darunter ebenfalls. Er sieht müde aus, dachte sie, aber ich werde es ihm trotzdem sagen.

»Ich bin schwanger.« sagte sie.

Er blieb unbeweglich sitzen, und in seinem Blick schien sich nichts zu verändern. Dann räusperte er sich.

»Bist du sicher?« fragte er.

»Ich habe es eben erfahren.«

Das Zimmer zwischen ihnen dehnte sich weit aus, unmöglich, es zu überqueren. Im Gegenteil, es schien sie unaufhaltsam auseinanderzurücken.

»Bin ich der Vater?« fragte er. Als sie schwieg, fügte er hinzu: »Ich dachte, ich wäre dafür schon zu alt.«

Ja, du bist sehr alt, dachte sie und sah ihn an, aber nicht zu alt für dafür. Du bist alt geworden, weil du dich dem Leben entziehst.

»Du bist der Vater«, sagte sie, »aber es spielt keine Rolle. Ich wollte es dir nur sagen, damit du weißt, warum ich weggehe.«

Jetzt veränderte er seine Haltung am Klavier, drehte sich mit den Knien zu ihr hin. Wieder rieb er sich die Stirn, er hat wohl Kopfschmerzen, dachte sie. Dann verschränkte er die Arme und lächelte.

»Lächle nicht!« sagte sie. »Mach dir nicht solche Mühe.«

»Wohin willst du gehen? Was soll dieser Unsinn?« Er hatte tatsächlich aufgehört zu lächeln.

»Weg von dir«, antwortete sie. »Nur das.«

»Zadis.«

Er sagt ihn schön, meinen Namen, dachte sie. Er hat ihn immer sehr schön gesagt, so, daß ich meinen Namen zu lieben begonnen habe, so schön. Er brauchte nur meinen Namen zu sagen, es genügte. Heute genügt es nicht.

Und sonst?

Sie hatten mit den Rotweingläsern angestoßen und einander dabei flüchtig in die Augen gesehen. Nun aßen sie schweigend. Das Lokal war halbleer, vom Tonband kam italienische Musik, alle die zeitlosen wohlbekannten Schlager, jedoch leise gestellt. Ein Lampenschirm aus gelochtem, kupferfarbenem Metall hing über dem Tisch. Das Licht fiel über ihre Hände und die Teller, die Gesichter blieben im Schatten, nur die Löcher im Schirm sprenkelten Stirn, Nase und Wangen mit Lichtpunkten.

»Die Kräuterravioli sind ausgezeichnet«, sagte er nach einer Weile, ohne das Kauen zu unterbrechen.

Sie nickte nur, da gerade ein zu großes Salatblatt in ihren Mund geraten war und sie den Kampf damit elegant austragen wollte. Nachdem sie sich mit der Serviette das Öl von den Lippen getupft hatte, sagte sie: »Die kochen nach wie vor sehr gut.«

Jetzt war er es, der nickte und mit allzu vollem Mund nicht sprechen wollte. Sie trank Wein und er schenkte ihr nach.

»Hast du heute viel zu tun gehabt?« fragte sie schließlich.

»Na ja«, sagte er und spießte eines der letzten Ravioli mit der Gabel auf, »das übliche. Aber es sieht recht gut aus mit dem Projekt, die Geldgeber bleiben bei der Stange.«

»Gut«, sagte sie und zündete sich eine Zigarette an. Der Kellner sah es und brachte ihr einen Aschenbecher. »Danke«, sagte sie.

»Und sonst?« fragte er nach einer Weile.

Auch er schob nun den leeren Teller von sich und lehnte sich zurück. Er legte sein silbernes Feuerzeug auf den Tisch, dann erst zog er gemächlich die Packung Zigarillos, die er zu rauchen pflegte, aus der Jackettasche.

»Sonst?« antwortete sie.

»Nun ja – gibt es etwas Neues?«

»Nein«, sagte sie, »alles ist alt.«

Er hob den Blick, ein Lichtstrahl sprenkelte seine Wimpern.

»Meinst du das etwa doppelbödig?« fragte er.

»Schon möglich«, antwortete sie und lächelte.

Er lächelte kurz zurück und begann dann sein Zigarillo zu rauchen.

»Vorzüglich«, sagte er, nachdem er den Rauch genußvoll aus rundem Mund von sich geblasen hatte, »das ist und bleibt die beste Marke.«

Sie nickte.

September

Die Kastanienbäume boten in diesem Herbst einen traurigen Anblick. Von irgendeiner Motte oder Milbe befallen, hingen die Blätter bereits in den ersten Septembertagen braun und verkrümmt an den Ästen, flatterten bei den leichtesten Windstößen zu Boden, ächzend, als geschähe es unter Schmerzen. Es hieß, diese Schädlinge, die den berühmten Wiener Kastanienbäumen derart zusetzten, seien versehentlich einem Laboratorium entkommen.

»Da sieht man's wieder«, sagte Agathe seufzend, »wir haben ja keine Ahnung davon, was diesen Labors alles entwischt.«

»Komm, laß das heute«, murmelte Hans, der neben ihr in der Sonne lag. Es war Sonntag. Sie hatten ihre Liegestühle auf dem Balkon aufgeschlagen, die Gasse lag still unter ihnen.

»Warum soll ich gerade heute irgend etwas lassen?« Agathes Stimme klang gereizt, obwohl ihr Körper sich weiter entspannt der Sonne und Wärme hingab.

»Weil es heute und jetzt angenehm ist, hier zu liegen und einmal nicht über die Katastrophen unserer Welt nachzudenken.«

Hans gähnte und schmiegte sich noch tiefer in den blauweiß gestreiften Liegestuhl. Agathe hob den Kopf und schaute ihn an.

»Du bist nicht nur heute und jetzt, sondern zu jeder Zeit zu faul, über irgend etwas nachzudenken.«

»Agathe«, sagte Hans leise und beschwörend, ohne die Augen zu öffnen.

»Aber es ist doch so!« Agathe richtete ihren Oberkörper auf. »Du bist an nichts interessiert, nur an deiner Bequemlichkeit. Neben dir kann der Teufel los sein, und du bemerkst es nicht.«

»Ich bemerke sehr wohl, daß neben mir der Teufel los ist«, sagte Hans ruhig und mit weiterhin geschlossenen Augen.

»Du bist ein Arschloch«, sagte Agathe und legte sich wieder zurück.

Sie schwiegen. Der Wind rauschte leicht durch die vertrocknete Kastanienallee, im blauen Himmel überschnitten sich die Kondensspuren entschwundener Flugzeuge, bildeten weiche Muster, verschwammen. Eine Frau ging unten vorbei, ihr kurzer energischer Schritt hallte auf dem Pflaster und verklang langsam wieder.

»Verzeih«, sagte Agathe.

Hans streckte die Hand aus und fand, ohne hinzuschauen, die ihre. Sie schlangen die Finger ineinander und lagen jetzt so, Hand in Hand, unter der Sonne.

»Natürlich bin ich ein Arschloch«, sagte Hans nach einer Weile.

»Und bei mir, in mir, ist wirklich manchmal der Teufel los«, sagte Agathe. »Was kann ich nur dagegen tun? Gegen diesen Zorn.«

»Du bist zornig, weil immer alles ganz anders ist, als du es haben möchtest. Du möchtest, daß die Bäume nicht sterben – aber sie tun's. Du möchtest, daß deine moralischen Ansprüche sich erfüllen – aber sie tun's nicht. Und du möchtest mich lieben – kannst es aber nicht.«

»Ich liebe dich«, sagte Agathe.

»Nein«, sagte Hans und drückte ihre Hand.

Wieder schwiegen sie, Agathe hatte jetzt die Augen geöffnet und schaute vor sich hin. Sie fühlte ihre Augenwinkel feucht werden, schüttelte den Kopf und wischte die Feuchtigkeit mit der freien Hand fort.

»Weine nicht«, sagte Hans, »es gibt Schlimmeres.«

Da legte Agathe die Hand über die Augen und begann haltlos zu weinen. »Natürlich gibt es Schlimmeres«, stieß sie schließlich hervor, »aber es ist schlimm genug, daß du immer ruhig bleibst – daß du alles erkennst und nichts dagegen tust. Warum bleibst du bei mir? Warum schreist du mich nicht an?«

»Hättest du das gerne?« fragte Hans.

»Nein«, sagte Agathe und hörte langsam wieder auf zu weinen.

»Warum bleibst *du* denn bei mir?« fragte Hans nach einer Weile. Noch immer lag er mit geschlossenen Augen da und hielt Agathes Hand fest. Die Herbstsonne hatte seine Stirn leicht gerötet, aber er schien sich wohlzufühlen.

»Weil du mich festhältst«, sagte Agathe und entzog ihm ihre Hand. »Ich werde uns jetzt Kaffee machen.«

Aber sie blieb aufgerichtet sitzen.

»Nein, natürlich hältst du mich nicht fest«, sagte sie dann, »ich selbst – ich halte mich an dir fest. Ich brauche dich. Ich habe Angst ohne dich.«

»Das wird sich legen«, sagte Hans.

Die Nachmittagssonne stand bereits tief, dicht über den verdorrten Kastanienbäumen. Das Laub leuchtete dunkelrot auf, obwohl es tot war.

»Komm, mach uns Kaffee«, sagte Hans.

Agathe stand auf und strich ihren Rock glatt. Sie strich sich über die Hüften und den Bauch, reckte die Arme und dehnte sich. Ihr Schatten fiel über sein Gesicht, und er schlug die Augen auf und sah sie an.

»Ich geh schon«, sagte Agathe, ließ die Arme sinken und ging an ihm vorbei ins Zimmer. Ihr Rock streifte sein Gesicht, und er schloß die Augen wieder.

Die Küche

Am Ende eines jeden Tages versuchte er sich zu vergewissern, daß er ihn auch überlebt hatte. Es erschien ihm jedesmal unwahrscheinlich und äußerst zweifelhaft. Er wußte, daß er seine Jacke ausziehen und über die Stuhllehne hängen würde. Sich danach auf den Stuhl dort setzen und seine Schuhe aufschnüren würde. Daß er dann mit befreiten Füßen, nur in Socken über den warmen, trockenen Holzboden gehen und die Küche betreten würde. Den Kühlschrank öffnen, eine Flasche Obstschnaps herausnehmen und ein Wasserglas damit füllen würde.

Er wußte, daß er all dies tun würde, aber es erfüllte ihn noch nicht mit der Gewißheit, am Leben zu sein. Erst wenn er das volle Glas mit Überwindung und in einem Zug austrinkt, wird er sein Vorhandensein langsam wahrnehmen können. Gleichzeitig jedoch durchzieht ihn diese Wahrnehmung jedesmal mit einer Schärfe und Bitterkeit, die dem Geschmack des Schnapses entspricht.

Hallo, sagte er zu sich selbst und prustete, als wäre

er aus den Tiefen endlich an die Wasseroberfläche hinaufgetaucht. Er schüttelte sich.

»Warum trinkst du das Zeug, wenn es dir nicht schmeckt?« sagte Amanda, die nach ihm in die Küche gekommen war und einen Kessel Wasser auf den Herd setzte. Sie sagte es, ohne ihn anzuschauen. Er betrachtete sie, ihre schnellen Bewegungen, den nach vorn geneigten Rücken, auf dem die langen hellen Haare zusammengebunden lagen wie eine auslaufende Welle.

»Guten Abend«, sagte er.

Ohne zu antworten ging sie an ihm vorbei, als stünde er nicht da, und holte das Glas mit Fertigkaffee vom Bord herab. Sie mußte sich strecken, und er sah, daß sie unter ihrem Baumwollhemd noch dünner geworden war. Sie holte eine Tasse und einen Löffel aus dem Schrank und trug alles hinüber zum Herd.

»Gehen wir essen?« fragte er.

»Ich trinke Kaffee«, antwortete sie, wieder ohne ihn anzusehen.

»Gut, aber danach. Gehen wir dann essen?«

Jetzt schaute sie ihn an. Es war ein langer Blick, wie man ihn auf etwas richtet, das am Horizont verschwindet. Während sie schaute, schien auch sie selbst sich weiter und weiter zu entfernen. Dann schüttelte sie den Kopf, wandte sich dem Kaffeebehälter zu und öffnete ihn.

»Hast du keinen Hunger?« fragte er.

»Nein«, antwortete sie und gab einen Löffel löslichen Kaffee in die Tasse.

»Du wirst verhungern«, sagte er.

Sie stand am Herd und wandte ihm den Rücken zu. Als es im Kessel zu brodeln begann, hob sie ihn von der Flamme, goß heißes Wasser über den Kaffee und ging dann mit der Tasse an ihm vorbei. Sie hielt sie mit beiden Händen fest, als wolle sie sich wärmen. Ehe sie die Küche verließ, sagte sie, ohne ihn anzusehen: »Wir verhungern beide.«

Er schaute auf die Tür, die sich hinter ihr geschlossen hatte. Dann griff er nach der Flasche und füllte erneut sein Glas.

Der Gärtner

»Am liebsten würde ich Selbstmord begehen«, sagte er am Telephon. »Wenn ich nicht wüßte, daß wir das Unsrige so oder so erledigen müssen – und auch der Tod uns nichts erspart – würde ich mich sofort umbringen. Es wäre mir ein Vergnügen.«

Sie erschrak nicht allzusehr, aber seine Worte beunruhigten sie.

»Warte doch ab«, gab sie zur Antwort. »Das einzig Sichere ist, daß du ohnehin eines Tages stirbst, warum also voreilig sein?«

Was er ausstieß, war ein Zwischending aus Auflachen und Seufzen. Dann schwieg er.

»Besuch mich«, sagte sie, »vielleicht gleich heute nachmittag?«

Erst nach einer Pause antwortete er mit einem kurzen Ja.

»Wann also?« fragte sie.

»Um fünf?«

»Ja.«

Sie ging zurück in den Wintergarten und nahm die Wasserkanne wieder zur Hand. Sein Anruf hatte ihre Tätigkeit unterbrochen, sie war eben dabei gewesen, die Pflanzen zu gießen, immer ein langwieriger Vorgang, da die schattenseitige Glasveranda von Grüngewächsen durchwuchert wurde wie ein kleiner Dschungel. Zu manchen Blumentöpfen mußte sie sich kriechend hinbewegen und indem sie Ranken und Blätter vorsichtig zur Seite schob. Während sie jetzt den Hibiskusbaum goß, dachte sie über den Anruf dieses Mannes nach, der in unendlich ferner Zeit »ihr Mann« gewesen war. Einer ihrer Männer. Der zweite – und letzte –, den sie geheiratet hatte. Nach einer ersten und dramatisch mißglückten Ehe hatte sie sich noch einmal dazu überreden lassen. Und er hatte sie überredet, mit Engelsstimme und Teufelszunge, im Überreden war er stets Meister gewesen. Er schwamm im Gebrauch der Worte wendig und wohlig umher, gleich einer Forelle in ihrem Lieblingsgewässer, glatt, blitzend, Haken schlagend.

Deshalb hatte sie die trübe Langsamkeit seines Sprechens heute ein wenig irritiert. Nicht übermäßig, wohlgemerkt, denn sie war bei ihm immer auf der Hut, jeder Übertreibung gewärtig. Aber er hatte erstaunlich traurig geklungen. Ehrlich traurig.

Sie richtete sich auf, streckte Oberkörper und Arme und zupfte einige verdorrte Blätter aus dem üppigen Wipfel. Dabei entdeckte sie eine einzige große Blüte, die blutrot im Geäst stand. »Warum denn da hinten?« brummte sie. »Da sieht dich doch keiner. Blühst ohnehin nicht viel länger als einen Tag.« Mit den Fingerspitzen konnte sie bis zur Blüte reichen und sie berühren.

»Also gut, ich sehe dich. Du bist wunderschön, laß es dir gesagt sein.« So sprach sie laut zur Blume hinauf, in der Gewißheit, daß diese solchen Zuspruchs bedürfe. So kurz nur blühen dürfen, dachte sie, der Ecke des Wintergartens zugewandt, sonnenlos, unbeachtet, und derart schön!

Sie wand sich aus dem Hibiskusgewächs, wässerte noch zwei Efeuwurzeln in ihren Tonkübeln und die einzige weißblühende Orchidee, die sie besaß. Dann füllte sie Wasser in die großen Kannen und stellte sie an ihren Platz zurück. Bis zum nächsten Gießen würde das Wasser abgestanden sein, das tat den Pflanzen gut. Sie hatte ihre eigene Theorie entwickelt und alle Ratschläge zur Gärtnerei mißachtet. Sie düngte nicht, sie goß nur. Und ließ jedem Gewächs Ruhe, einen unveränderten Platz und Freiheit des Wachstums. Mochten sie sich ineinanderschlingen oder in einen freien Raum hinausdrängen, sie griff nicht ein. Und sie sah, daß jedes Blatt seinen Platz fand in diesem Miteinander und Durcheinander.

Sie dachte wieder an den Mann mit seiner traurigen Stimme. Er, der große Gärtner und Gestalter, sieht das mit Sicherheit anders. Sie seufzte auf, während sie sich im Bad die Hände wusch und eincremte. Er wollte immer seine eigenen Bilder verwirklicht sehen. Ob nun in Wohnräumen, Frauen oder Gärten. Seine Vorstellungen holte er sich teilweise aus der Literatur, aus der bildenden Kunst und von berühmten Leuten, die er sich zu Freunden machte. Von Vorbildern eben. Und zum Teil entsprangen sie seiner Phantasie. Sie selbst hatte ausschließlich seine ureigenste phantasievolle Schaffensfreude zu lieben begonnen, als sie ihn zu lieben begann. Und noch immer empfand sie etwas wie Groll, daß er diese nur noch in den Dienst aufwendiger Projekte stellte.

»Ja«, murmelte sie und zog eine Kostümjacke über, »nichts Direktes, Ursprüngliches mehr, nichts aus Gründen einer inneren Notwendigkeit. Aber das kann man ja gar nicht mehr sagen, das von der inneren Notwendigkeit. Ist derart abgegriffen, dieser Begriff. Obwohl er stimmt, nach wie vor.«

Als sie mit dem Kamm durch ihre Haare fuhr, sah sie sich im Spiegel etwas genauer an als sonst. In den letzten Jahren hatte sie aufgehört, in ihrem Äußeren irgendein Heil zu suchen. Auch daher schien sie gegen das drohende Unheil des Alterungsprozesses einigermaßen gefeit zu sein. Jetzt aber betrachtete sie ihr Spiegelbild.

Na ja, dachte sie, alt eben. Eine Menge feiner Linien im Gesicht, die Konturen werden langsam schlaff. Aber warum eigentlich nicht?

Sie wußte, was ihr diese Unbekümmertheit gab. Es waren ihre Augen. Aus diesen Augen schien ein

Schleier der Unsicherheit, Trübseligkeit und dumpfen Gier weggezogen worden zu sein. Sie konnte nicht sagen, wann genau das geschehen war, aber zwischen ihrem vierzigsten und fünfzigsten Jahr hatten ihre Augen sich allmählich gereinigt und einen klaren Blick gewonnen. Das Verschleierte und Unausgegorene früherer Tage war gewichen, dieser kuhäugige Schimmer, der ihr immer mißfallen hatte, da ein solcher ihr nur bei Kühen gefiel.

Jetzt schauten ihre Augen sie aus dem Spiegel so an, wie sie meinte, daß sie schauen sollten. Der Blick stimmte mit dem überein, was sie in ihre Augen zu legen willens war, was sie dachte und fühlte. Das erschien ihr als Wohltat und drängte jedes Unbehagen beiseite, das der Anblick ihres Alters ihr hätte bereiten können.

Unverfälscht, dachte sie. Auch so ein verbrauchtes Wort, aber ein trotzdem richtiges. Etwas war falsch in meinem Gesicht, in den Augen. Obwohl ich eigentlich ohne Falsch war, wie man so sagt, aber gestimmt hat es nicht. Hat alles nicht zueinandergepasst. Jetzt schau ich unverfälscht aus, immerhin.

Daß sie ihr Aussehen einer genauen Prüfung unterzogen hatte, lag an dem angekündigten Besuch, das war ihr klar. Er fand, sie sei »fesch« gewesen, als sie sich ineinander verliebten. Sonst hätte er sich wohl nicht in sie verliebt, wenn er das nicht gefunden hätte, dachte sie, kaum ein Mann, der Frauen so rigoros nach ihrem Äußeren beurteilt. Obwohl er nach ihrer Ehe an so manche Geliebte geraten war, bei der sie seinen Seufzer: »Sie ist schön – ich brauch das eben, Schönheit –« nicht recht nachvollziehen konnte. Aber kein Wunder, wenn er sie selbst, in ihrer jugendlichen Verschwommenheit, »fesch« gefunden hatte! Auch das kann sie nicht recht nachvollziehen.

Sie nahm zwei Teller und zwei Gläser aus dem Geschirrschrank und begann den Tisch zu decken. Nur ein kleiner Imbiß, zu einer Flasche Rotwein, beschloß sie. Die frühe, winterliche Dämmerung lag bereits bläulich vor den Fenstern, die Zimmer wurden dunkel. Also ging sie von Lampe zu Lampe und drehte die Lichter an, zuletzt das über dem Tisch. Sie goß den Wein in eine Karaffe, schnitt das Brot, legte Schinken und Käse auf eine Porzellanplatte. »So!« sagte sie laut. Es war ihr zur Gewohnheit geworden, nach jeder getanen Arbeit »So!« zu sagen, und sie bekämpfte diese Gewohnheit nicht.

Dann trat sie ans Fenster, öffnete es und schaute auf die Straße hinaus. Bald müßte sein Taxi zu hören sein, aber noch war es still draußen. Erst nach einer Weile hörte sie den Schnee fallen. Gleichmäßig und fast lautlos strömten die kleinen Flocken vom Himmel. Zu sehen waren sie nur im Schein der Straßenlampen, aber die weiße Schneedecke wuchs.

Da kalte Luft ins Zimmer drang, schloß sie das Fenster wieder. Er kam gewöhnlich später als angesagt. Sie setzte sich vor ihren Schreibtisch, die Hände in den Schoß gelegt. Auch wenn sie nur nachdenken wollte, pflegte sie sich vor den Schreibtisch zu setzen, als wäre seine Fläche eine Art Landebahn für Gedanken. Jedenfalls schienen sie ihr hier bereitwilliger zuzufliegen.

Sie versuchte zurückzudenken. Etwas verlockte sie plötzlich, sich Zeiten ins Gedächtnis zurückzurufen, die sie allzu gerne vergessen hatte, damals. So heftig, wie sie sich einige Zeit mit diesem Mann, auf dessen Besuch sie nun wartete, verbunden glaubte, so heftig war schließlich auch ihr Drang gewesen, ihn zu verlassen. Dazwischen lag ein schmerzvoller Weg, auf dem traurige Erkenntnisse sich häuften und allmählich eine Liebe unter sich begruben. Denn das war es wohl gewesen, eine Liebesgeschichte. Irgendwann in den Anfängen war es das, ja.

Sie sah sein junges und schmales Gesicht vor sich, die vor Angst frechen Augen, die flink über alles hinwegwirbelten und nur in Augenblicken äußerster Beruhigung einen anderen Blick ruhig erwidern konnten. Sie beide hatten einander einige Male in schöner Ruhe angeblickt, die Augen ineinander gesenkt, und das mußte bei ihm etwas wie Liebe bedeutet haben. Denn nichts war ihm weniger lieb, als sich ins Herz schauen zu lassen. Bis heute.

Sie war, nachdem seine Überredungskünste ihren anfänglichen Widerstand aufgelöst hatten, völlig die

Seine geworden. »Ganz genau – die Seine«, sie sagte es leise vor sich hin, und gleich darauf schüttelte sie sich wie ein naß gewordener Hund. Es war eine körperliche Reaktion, in der Schauder und Lachen aufeinandertrafen. Dabei hätte die Sache schön werden können, dachte sie, in vielem waren wir doch unglaublich eines Sinnes, fast »füreinander bestimmt«. Auseinanderentwickelt haben wir uns erst später, die Chance einer gemeinsamen Entwicklung wurde jedenfalls versaut.

Sie stand auf und trat nochmals ans Fenster. Auf der Straße lag unberührter Schnee, und kein Auto fuhr vorbei.

Wer hat die Sache damals versaut? fragte sie sich. Beide wohl, es sind immer beide. Aber auf fast dämonische Weise war es sein Drängen nach Erfolg und Anerkennung gewesen, das sich zwischen sie beide gedrängt hatte, sein Wunsch, die Welt zu erobern. Er wollte von der Welt geliebt sein, und das hatte auf unwiederbringliche Weise eine sehr schöne Liebe zerstört.

»Tja«, sagte sie leise vor sich hin. Dann hörte sie das Taxi, sah es schließlich um die Ecke biegen. Langsam glitt es durch den Schnee auf das Haus zu und hielt mit laufendem Motor unten vor der Tür.

Sie lief die Treppe hinunter, stand mit verschränkten Armen unter kleinen kühlen Schneeflocken, die ihr ins Gesicht geweht wurden, und erwartete ihn so.

Er bezahlte das Taxi und stieg langsam aus, mit schweren Bewegungen. Sie staunte, wie wuchtig er auf sie zukam, und das lag nicht nur an dem fast bodenlangen, gefütterten Mantel, den er trug. Er schien größer und breiter geworden zu sein. Und grauer. Ein wuchtiger grauer Mann mit langem schwarzem Mantel kam auf sie zu und küßte sie auf die Wange. Sein Parfum war unverkennbar dasselbe geblieben, stellte sie fest.

»Komm rauf«, sagte sie und ging ihm voran.

Oben angekommen, nahm er seinen Mantel ab und warf ihn über den eisernen Kleiderständer. Dann betrat er ihre Räume und durchschritt sie schweigend. Er schien zu prüfen, wie sie auf ihn wirkten. Sie blieb zurück und beobachtete ihn bei diesem Ritual, mit dem jeder seiner Besuche begann. Seine Kleidung war in asketischen Grautönen gehalten, eine sicher sehr kostspielige Schlichtheit, ja Derbheit der Linien. Er, der stets so dünn gewesen war, zum Umblasen dünn, hatte sich in den letzten Jahren zu einem stattlichen Mann gewandelt, breiter Oberkörper, breites Hinterteil, auch sein Gesicht schien größer geworden. Früher war es zwischen Haarlocken und Bart fast verschwunden, nur Nase und Kinn hatten hervorgeragt. Jetzt mutete die Sichtbarkeit von Stirn und Wangen wie nackt an. Auch seine Pupillen schienen heller, ungeschützter geworden zu sein, es ging von ihnen nicht mehr der allzu schnelle, alles begehrende Blick von einst aus, der sich ebenso schnell zu verbergen wußte.

Die kleine metallene Brille, die er jetzt trug, verbarg seine Augen nicht, rahmte sie nur ein.

Schließlich setzten sie sich beide an den Tisch, und sie schenkte die Gläser voll. »Nimm doch«, forderte sie ihn auf, und er griff abwesend nach Brot und Käsemesser, nahm nur wenig auf seinen Teller.

»Und wie geht es dir?« fragte sie, während sie ein Stück Brot mit Butter bestrich. Er sah sie kurz an.

»Mein schönster Gedanke ist der an den Tod«, sagte er, »ich weiß, daß dort ohnehin alles weitergeht. Also besser, wenn er einen hier zur rechten Zeit ereilt.«

»Ja, aber dann ist doch alles okay?« Sie versuchte es mit einem Lachen.

»Nein, nein«, er blieb ernst, erstaunlich ernst für sein allzeit bereites spöttisches Gelächter früherer Tage, »nichts ist okay, da ich ja leben muß. Ich leide daran. Mir ekelt vor dem Leben.«

Sie legte das Messer aus der Hand.

»Du! Es gehört sich nicht, daß dir vor dem Leben ekelt! Das muß ich dir sagen, ich, die fast nie findet, daß sich irgend etwas nicht gehört. Aber dein Ekel ist ungehörig. Du bist von Schönheit und Luxus umgeben, du hast ein Kind, das du liebst, du hast eine schöne Gefährtin, die dich liebt, du erarbeitest und gestaltest Dinge, an denen dir etwas liegt, du bist reich, du hast Einfluß und Macht, du hast alles erreicht, woran dir früher lag, als du es noch nicht hattest. Du solltest dankbar sein.« Sie schwieg kurz und fügte dann leise hinzu: »Vielleicht würde so ein einfaches Gefühl wie Dankbarkeit dir helfen?«

Er schien ernst zu nehmen, was sie gesagt hatte. Jedenfalls schaute er mit ernsten Augen vor sich hin, ehe er ruhig antwortete.

»Ich glaube nicht, daß ich undankbar bin. Ich will mir dessen bewußt sein, was ich besitze, glaub mir. Aber da fehlt etwas. Ja, etwas fehlt mir. Ich fühle mich schlecht.«

»Gesundheitlich?«

»Auch. Mein Körper gerät ständig in Panik. Gewitter scheinen in ihm stattzufinden.« Er sah sie an und seufzte. »Ich weiß, daß du jetzt sagen willst, es sei nur gut so, ich solle auf meinen Körper hören, er würde mir alles erzählen. Ich höre auf ihn! Glaub mir das! Ich nehme an, was er berichtet. Ich habe so viel erfahren und erkannt in letzter Zeit.«

Er trank ein wenig Wein, und sie schenkte ihm nach. Dann leerte sie selbst ein halbes Glas.

»Was?« fragte sie.

»Bitte?« Er hob den Kopf.

»Was hast du erfahren und erkannt?«

»Nun ja«, er lehnte sich zurück, beide Arme gegen die Tischkante gestemmt, wie ein Atemholen sah es aus, »daß alles hier noch nicht so richtig zählt, daß dieses Leben hier auf dieser Welt nichts als ein Versprechen ist. Eingelöst wird es anderswo. Bevor wir hierher gekommen sind, lebten wir bereits. Wir werden weiterleben, ungeahnt vergrößert und vermehrt. Ich weiß das. Ich glaube es nicht nur – ich weiß! – Und Beweise kommen auf mich zu – immer wieder Beweise.«

Sie musterte ihn und fühlte, daß sie traurig wurde. Er sah plötzlich aus wie ein ergrautes Kind, der Wunsch nach Wundern glänzte in seinem Blick. Eine andere, aber ebenso intensive Begehrlichkeit hatte die seiner frechen kalkulierenden Jugendjahre abgelöst, schien ihr.

»Weißt du«, sagte sie zögernd, »ich kann mit esoterischen Theorien wenig anfangen –«

»Nein! Nicht esoterisch!« rief er sofort dazwischen, aber sie sprach weiter.

»Egal, wie wir's benennen, auch über Spirituelles befinde ich ungern, aber folgendes steht fest: Ungenügen und Verzweiflung sind in dir und trüben dein Leben. Richtig? Ausgelöst von körperlichen Symptomen, die dich ängstigen. Richtig?«

Er biß in ein Stück Käse und nickte halbherzig.

»Meinst du nicht«, fuhr sie fort, »daß all dies auch mit deinem derzeitigen irdischen Leben zu tun haben könnte? Ob wir dann mausetot sind oder uns anderweitig wiederfinden, bleibt Spekulation. Ich sag mir immer: Ich werde es dann schon sehen, oder eben nichts mehr sehen. Aber hier, jetzt, dein zu lebendes Leben, das zählt doch! Egal, ob nur einmal oder immer wieder. Jetzt sitzt du mir gegenüber, jetzt schauen wir uns an, jetzt sind wir in der Lage, uns zu erinnern und Fragen zu stellen.«

»Es macht so müde«, sagte er, »und ich – ich kann mich nicht mehr verlieben – lieben – mein Kopf denkt alles zu Tode.«

Sie schwieg überrascht. Auch er schien seinem letzten Satz hinterherzulauschen.

»Tja.« Das klang abschließend, und er räusperte sich.

Sie beugte sich vor und lächelte ihm ins Gesicht.

»Ja, dein Kopf«, sagte sie dann leise, »dein kluger, schneller, gerissener, wendiger, allzeit bereiter Kopf. Sehr oft ist das, was uns auszeichnet, unser Feind. Ist gerade das, womit wir beschenkt sind, unser Mangel.«

Jetzt lächelte er spöttisch zurück.

»Was für eine uralte gescheite Frau.«

»Spotte nur, das macht nichts«, sagte sie, »ich habe trotzdem nicht unrecht. Und du hast vorhin einen Satz gesagt, den du dir merken solltest.«

Er sah ihr in die Augen.

»Du meinst – mein Kopf denkt alles zu Tode?«

»Ja, den meine ich.«

Als sie beide nichts mehr essen wollten, nahmen sie die vollen Weingläser mit sich und gingen ins Nebenzimmer. Auf Lehnstühlen saßen sie dann einander gegenüber, die Gläser auf dem kleinen Tisch zwischen ihnen abgestellt. Er lehnte sich zurück, faltete die Hände über dem Bauch und sah sie an. Er schien sie eingehend zu betrachten, aber sie ging nicht darauf ein.

»Was machen deine Gärten?« fragte sie

»Oh, die gedeihen wunderbar. Das ist alles so schön, und du hast es noch nie gesehen.«

In seine Augen trat unversehens ein so heftiger Glanz, als hätte er dieses Blühen und Gedeihen vor sich, von dem er sprach. »Bei mir gibt es alles. Seltene und prächtige Pflanzen, oder solche, die so einfach sind wie ein letzter Gedanke. Du mußt dir das eines Tages anschauen.«

Sie lächelte.

»Egal, ob ich es je sehe, der Widerschein davon auf deinem Gesicht ist sehenswert genug.«

»Du meinst?« Er schüttelte den Kopf. »Ich dachte immer, daß auf meinem Gesicht nichts, auch schon gar nichts, besonders sehenswert sein kann.«

»Sei nicht so kokett«, sagte sie. »Du strahlst, wenn du von deinen Gärten, deinem Park sprichst, und das widerspricht erfreulich dem von dir zitierten Lebensekel. Solange du Gärtner bist, liebst du das Lebendige, es ist gar nicht anders möglich.«

»Ich habe nicht behauptet, das Lebendige nicht zu mögen«, antwortete er. »Das Leben ist die Schwierigkeit – mein Leben wohl vorrangig – Ach was, lassen wir dieses Jammern, du hast recht, mir geht's gut!«

Er hatte die Stimme zuletzt angehoben. Nun nahm er das Weinglas und trank ein wenig.

»Alles ist so unerotisch«, sagte er dann leise und kläglich.

»Unerotisch?«

»Ja – langweilig!«

»Ohne Erotik ist dir das Leben fad?«

»Und wie.«

»Meinst du jetzt tatsächlich Erotik? Oder ist es Sexualität, wovon du sprichst?«

»Beides«, seufzte er und sah sie trübe an.

Da lachte sie.

»Lach nicht«, sagte er, »es ist traurig genug. Diese Schwunglosigkeit, verstehst du. Und wo man in Schwung kommen könnte, läßt man's selbst nicht zu.«

»An Frauen kann es dir doch nicht mangeln?« Sie stellte die Frage sehr kühl.

»An Verliebtheit mangelt es mir«, antwortete er ruhig. »Und wo sie sich mal auftun möchte, blocke ich selber ab. Kann ich mich nicht auf sie einlassen – mich nicht lassen. Ich habe Skrupel.«

»Hattest du früher nie«, stellte sie trocken fest.

Er schaute vor sich hin. Es war still im Zimmer, nur ab und zu knackte es in den Heizungsrohren, ein ihr vertrautes, winterliches Geräusch. Schließlich hob er den Kopf.

»Weißt du«, sagte er, »ich war zu jung und zu vertrottelt damals, in unserer Zeit. Du hast recht, da hätte ich wohl ein paar Skrupel haben sollen. Ich hab weiß Gott nicht aufgepaßt auf uns beide. Alles war zu früh. Ich konnte einfach nicht schätzen, was ich hatte. Ich war ständig auf der Suche.«

»Ich doch auch«, sagte sie. »Du hast keinen Grund, dir Vorwürfe zu machen.«

»Doch«, unterbrach er sie.

»Nein«, fuhr sie fort, »lassen wir doch dieses unsinnige nachträgliche Wühlen in Selbstvorwürfen, so, wie es immer und überall praktiziert wird. Nichts wird edler oder feinsinniger dadurch. Man war gemein, und Schluß. Man geriet unversehens in den Haß. Ich doch auch. Und auf der Suche nach einer noch stürmischeren, noch ewigeren Liebe war ich doch auch. Statt mir mal zu überlegen, was an mir so eine überhaupt herausfordern könne. Neben aller Unsicherheit immer dieses dralle Gefühl, einzigartig zu sein – warum nur?«

»Weil wir in uns leben«, beantwortete er leise ihre rhetorische Frage, »als unser eigener Mittelpunkt und deshalb auch der der ganzen Welt. Weil wir nur uns selbst zur Verfügung haben, um anderes wahrzunehmen. Und letztlich einsam auf uns verwiesen bleiben. Weil dieses beschissene Leben doch nur im Gefühl der Einzigartigkeit hinzunehmen und zu ertragen ist. Weil wir einzigartig sind! Es sein müssen!«

Im Schweigen, das jetzt entstand, griffen sie beide nach ihren Weingläsern, als bräuchten sie Halt. Man hörte ihr Schlucken, als sie tranken. In seltsamer Gleichzeitigkeit setzten sie auch die Gläser wieder ab.

»Und dieses Gefühl hat mich immer verantwortungslos werden lassen, wenn es um andere ging«, setzte er seinen Gedanken fort. Sie sah ihn an. »Ja, verantwortungslos, du schaust zu Recht so, wie du schaust. Ich weiß doch, daß du mich für einen Ausbeuter und Egomanen hältst und daß ich das auch bin.«

»Wau!« sagte sie. »So viel Selbsterkenntnis an einem Abend, ich fasse es kaum.«

Sie lächelten einander kurz an, aber er sprach ruhig weiter.

»Ich mache mir aber keine Vorwürfe deshalb, aller Selbsterkenntnis zum Trotz. Ich bin schließlich dazu da, meinen – ich sage es jetzt ganz einfach so – meinen inneren Reichtum zu verwirklichen. Meine Ideen sind so übermächtig, daß sie fordern, realisiert zu werden. Ich werde von ihnen überschwemmt, ihre Fülle wurde mir in dieses Leben mitgegeben, ich bin dafür verantwortlich. Und nur dafür lohnt es sich.«

»Was?«

»Nun, das Leben!«

»Vor dem dir ekelt?«

Er starrte sie an, Bestürzung über den eigenen Widerspruch füllte seine Augen.

»Vielleicht ekelt dir deshalb davor«, sprach sie weiter, »weil du das Leben benützt, statt es zu leben? Weil du nicht sein kannst, ohne in jedes Sein einzugreifen? Weil du gestaltest, statt zu erfahren? – Verzeih, ich will dich nicht belehren, aber diese Gedanken drängen sich mir auf. Vielleicht liebst du nur den Garten deiner Wünsche und Ideen, und er sperrt dich ein. Hält dich gefangen und vom Atem der Wildnis fern, vom Durcheinander alles Lebendigen, das seine eigene Schönheit hat, nicht die, die man ihm gibt.«

Er hatte den Blick nicht abgewandt, während sie sprach, und sah sie weiter an, als sie schwieg. Auch sie ließ ihre Augen in den seinen ruhen. Auge in Auge saßen sie da.

»Gefangen im Garten der Wünsche hält er die Wildnis sich fern«, rezitierte er dann leise.

»Ja«, sagte sie.

Er seufzte, stand auf und trat an das Fenster.

Sie betrachtete seinen Rücken mit den hängenden Schultern, die grauen Locken über dem Kragen, das eine, leicht abgewinkelte Bein, seine Hand, die er am Fensterbrett abstützte, diese Haltung, die Müdigkeit verriet. Dann trat sie neben ihn.

»Ja, es schneit«, sagte sie.

»Lebst du denn dein Leben, ohne es zu benützen?« fragte er, ohne sie anzusehen. »Bist du dem Lebendigen näher als ich? Der schönen Wildnis? Dem Ungestalteten und Unmittelbaren? Dem Sein? Um deine großen Worte zu verwenden.«

»Nicht sehr viel näher.« Sie legte ihren Arm um seine Schultern und sah hinaus in die vorbeiwehenden

Flocken, die größer und dichter geworden waren. »Du hast schon recht, wenn du daran zweifelst. Ich bin pedantisch und eigenbrötlerisch geworden und keineswegs der Ausdruck wilder Lebensschönheit. Einzig mit der reinen Absicht tu ich mir vielleicht ein wenig leichter als du. Ich denke nicht so viel darüber nach, wie etwas ›ankommt‹. Natürlich laufe ich deshalb oft ins Messer. Aber weißt du – dein ›innerer Reichtum‹ braucht immer sehr viel Geld, um sichtbar zu werden. Ich hätte oft gewünscht, du würdest mehr mit ihm zusammenleben, innen, drinnen, auch dann, wenn du ihn manifestierst. Daß du gleichzeitig stets auch dich selbst manifestierst, ganz direkt und klein und groß und menschlich.«

Er stöhnte auf.

»Ich weiß, ich weiß«, fuhr sie fort, »mein ewiger Menschlichkeitsschmus. Aber glaube mir, auch eine große, teure, aufwendige Geste wird schmusig und sentimental, wenn das starke und unmittelbare Gefühl fehlt. Dieses Gefühl, das eben nur aus dem Herzen eines Menschen kommen kann. Alles sonst ist Zutat, eine Soße.«

»Für dich«, sagte er.

»Ja. Für mich ist jede rein artifizielle Hervorbringung eine Soße, die man über das Leben gießt. Ich möchte das pure Leben schmecken. Kunst als geschmackvolle Soße läßt mich gleichgültig.«

»Der Geschmäckler und das Naturkind«, sagte er.

Da lachte sie auf und nahm den Arm von seinen Schultern.

»Der Gärtner und die Kräuterhexe!« rief sie dann.

»Der alte Mann und das Meer«, fügte er schnell hinzu.

»Blödsinn«, sagte sie und küßte ihn auf die Wange, »ich bin und bleibe älter als du.«

»Metaphysisch gesehen nicht«, antwortete er, »metaphysisch gesehen bist du blutjung. Aber es ist Zeit, ich glaube, ich muß jetzt gehen.«

Und auch er küßte sie. Ein leichter, kaum fühlbarer Kuß auf den Mund. Seine Augen hinter der Metallbrille musterten sie nochmals kurz, dann wandte er sich ins Zimmer zurück.

»Ich bring dich hinunter«, sagte sie.

Sie hatte lange nach einem Taxi telephoniert. Jetzt standen sie beide unter der geöffneten Haustüre und warteten auf das Auto. Er hatte bereits seinen Mantel angezogen, während sie beide Arme um ihren Körper geschlungen hielt und fröstelte. Der Schneefall war noch dichter geworden. Einzelne Flocken schwebten ihnen ins Gesicht und schmolzen dort.

»Läßt der sich Zeit«, brummte er.

»Kämpft sich durch den tiefen Schnee«, gab sie zurück.

Sie standen Schulter an Schulter und starrten hinaus in das dichte, lautlose Herabstürzen der Flocken.

»Bleibst du in der Stadt?« fragte sie.

»Nein«, sagte er, »ich werde aus dem Winter in meine Gärten flüchten. In die üppigen, wohlgestalteten, mich einschließenden Gärten, in denen es warm und blühend ist. Ich bleibe gern im Bereich meiner Wünsche, meine Liebe, und verlasse die hiesige Schneewildnis reinen Herzens.«

»In Ordnung«, sagte sie.

Sie schwiegen kurz.

»Wir werden uns wieder länger nicht sehen«, sagte er dann.

»Es macht nichts aus« sagte sie. »Zeit und Raum haben wir zwei überwunden.«

Er drehte ihr sein Gesicht zu, das feucht war vom geschmolzenen Schnee, und grinste das Lausbubenlächeln seiner Jugend.

»Wer weiß«, sagte er.

»Ich weiß es«, gab sie zur Antwort. Dann hob sie ihre Hand und wischte ihm die Nässe von den Wangen. Er hielt still und sah sie an.

»Das wirkt, als ob es Tränen wären«, sagte er, »ist aber nur der Schnee.«

»Klar.«

Dann hörten sie, wie das Taxi leise knirschend näher kam.

Fatal

Ihm war plötzlich, als könne er dieses Gesicht vor sich nicht mehr ertragen. Wie es ihm zugewandt war, lebendig vor Schmerz.

»Wie kannst du so nur leben«, sagte er zu ihr.

»Wie, *so*?« fragte sie. Dabei stützte sie den Kopf in ihre Hand, stützte ihn fest auf und sah ihn unverwandt an. Dieser Blick, dachte er und seufzte auf.

»So – so, wie du eben lebst. Indem du allem auf den Grund zu gehen suchst. So unverwandt eben. Wie du mich jetzt anschaust.«

»Warum soll ich so nicht leben?« Sie schüttelte leicht und erstaunt den Kopf, aber ohne ihn aus der stützenden Hand zu lösen.

»Nein, nein.« Er lachte unfroh auf. »Ich sage nicht, daß du so nicht leben sollst. Ich wundere mich, daß du es aushältst. Immer mit dem Eigentlichen auf du und du. Immer so genau.«

»Ja, ich bin genau«, bestätigte sie. Ihre Augen verdunkelten sich, und ihm schien, als wolle sie weitersprechen. Aber sie senkte den Blick und schwieg.

»Weiß Gott.« Er lachte nochmals und kratzte sich

kurz am Kopf. Dann wuchs die Stille zwischen ihnen an. Seit wann kennen wir diese Stille zwischen uns, die kaum zu überbrücken ist, seit wann wohl? dachte er. Früher hob ich die Hand, berührte ihr Gesicht, und alles war gut. Ich kann meine Hand nicht mehr heben und ihr Gesicht berühren. Es geht nicht mehr. Es wäre so leicht, aber es geht nicht mehr.

Sie sprach plötzlich weiter: »Das heißt – ich *bin* nicht genau, ich *fühle* nur genau. Ich fühle genau, was du denkst. Deshalb verstehe ich nicht, warum du deine Gedanken zu verbergen trachtest, wenn sie dir ungemütlich werden. Daraus entstehen unwahre Äußerungen. Und die fühle ich auch.«

»Diese ewige Fühlerei«, entfuhr es ihm, »genau die geht mir auf die Nerven. Ich möchte von Herzen gefühllos sein dürfen.«

»Du bist es«, gab sie zur Antwort, schnell und mit angehobener Stimme. Dann fügte sie leiser hinzu: »Und niemand will es dir verbieten, sei unbesorgt.«

»Was heißt *das* denn wieder?« fragte er gequält.

Sie hob den Blick und sah ihn lange an. In ihren Augen stehen Tränen, dachte er. Noch sieht man sie nicht, aber ich weiß, daß hinter diesem Blick die Tränen lauern. Sie fühlt alles, und ich weiß alles. Das ist das Fatale.

Ich fliege zu dir

Mir fällt ein –
mit achtzehn oder neunzehn Jahren
fuhr ich mit der Eisenbahn
– in einem schmalen, ratternden Waggon –
nach Dürnkrut
um mich dort
von dem ewigen Chemiestudenten K. F.
entjungfern zu lassen
»ich fliege zu dir«
dachte ich, während die Landschaft
und die Wolken an mir vorbeizogen –
und in dem kleinen Untermietzimmer
versuchte ich meine Seele zu erheben –
während ich meinen Körper als geschändet
empfand –
später standen wir nebeneinander
auf dem Dach der Zuckerfabrik
und sahen einen leuchtenden
windgeschüttelten Abend
über irgendwelchen Auwäldern

und wieder wollte ich
mit äußerster Anspannung
Seligkeit empfinden –
»ich fliege zu dir« denke ich jetzt wieder
nach einem fast Vierteljahrhundert
und alle Ahnungen meiner Jugend
sind mir so nah.

Das Lied von der falschen Leiter

Laß mich endlich angelehnt
ich bin die falsche Leiter
nicht die, die in den Himmel führt
bei mir führt nichts mehr weiter

Ich ließ dich klettern, mich besteigen
gab dir Halt, stand selber schief
du wolltest eine Welt mir zeigen
aber warst nie da, wenn ich dich rief

Drum laß mich endlich angelehnt
ich bin die falsche Leiter
nicht die, die in den Himmel führt
bei mir führt nichts mehr weiter

Du tratest ständig mein Gefühl mit Füßen
und sagtest trotzdem: ach, ich lieb dich so
ich wurde starr in all den Kompromissen
du fragtest ungehalten: sag, wann bist du mal froh?
Die Sterne wolltest du partout erklimmen
auf dem Rücken unsrer kleinen Lust
aber konntest nie dir selbst entrinnen
hast niemals wirklich was von uns gewußt

Laß mich endlich angelehnt
ich bin die falsche Leiter
nicht mehr die, die in den Himmel führt
bei mir führt nichts mehr weiter

Tango larmoyante

Hab dich verfehlt
die falschen Stunden gezählt
drehte den Kopf zur falschen Seite hin
gab meinem Leben nie den wahren Sinn
Hab zu wenig gelacht
nichts aus den Tagen gemacht
jetzt such ich dich in einer leeren Welt
in der für mich kein Glück vom Himmel fällt
– du bist dahin

Ferne warst du mir vertraut
fast wie meine eigne Haut
aber kaum kamst du mir nah
war ich nicht mehr für dich da
Schließlich hast du mich verschenkt
an den Nagel mich gehängt
so wie einen alten Hut
sicher tatst du daran gut
denn zertreten war die Glut

Hab dich verfehlt
die falschen Stunden gezählt
drehte den Kopf zur falschen Seite hin
gab meinem Leben nie den wahren Sinn
Hab zu wenig gelacht
nichts aus den Tagen gemacht
jetzt such ich dich in einer leeren Welt
in der für mich kein Glück vom Himmel fällt
– du bist dahin

Die Gefangenen

Nummern wurden aufgerufen, ihre 17 war wieder nicht dabei.

Aber um sie herum sprangen einige Menschen von den Bänken hoch, die Gesichter plötzlich wie aufgebrochen vor Erwartung und einer hoffnungsfrohen Erleichterung, mochte sie auch noch so trügerisch sein. Seit sie hierherkam, hatte dieses Aufspringen und Davoneilen, begleitet von lebhafter Munterkeit, ja Freude, sie verwundert. Erstaunlich, welch geringfügiger Impuls den Menschen zum Aufblühen bringen kann, hatte sie immer wieder denken müssen. Wie wenig doch genügt, ihn aus trüber Unabänderlichkeit zu reißen und, wenn schon nicht fliegen, so doch ein wenig flattern zu lassen. Und wirklich glichen die ungeschickt und hastig ausgeführten Gebärden Flugversuchen, Haare wurden zurückgestrichen, Strümpfe geglättet, Knöpfe geschlossen oder geöffnet, Lippen befeuchtet, es wurde nach Taschen oder Tüchern gegriffen, Arme und Oberkörper wippten, als wäre eine Gruppe träger Vögel aufgescheucht worden. Etwa zehn Menschen eilten, den Blick mit einer seltsam glasigen Heftigkeit vorausgeworfen, an der Koje des Wachebeamten vorbei und verschwanden im eigentlichen Besucherraum. Mit ihnen verschwand auch der Schwall von Hochgefühl, der die Wartenden befallen hatte. Die Zurückbleibenden lehnten sich wieder in ihr dumpfes Warten zurück.

Sie schloß eine Weile die Augen, denn die gleichmäßige Neonbeleuchtung, die eine grünliche und fast schattenlose Helligkeit erzeugte, ermüdete ihren Blick. Es roch schlecht in dem Raum. Sie versuchte sich ein wenig hinter ihrem Mantelkragen zu verbergen, dem noch der Duft ihres eigenen Parfums anhaftete, doch nach ein paar Atemzügen brachte genau das sie dazu, sich aufzurichten, die Augen wieder zu öffnen und mit beiden Händen ihren Mantel zu lockern. Was soll hier der Geruch dieser anderen Welt, die eine künstliche ist, dachte sie. Die Welt hier ist nicht zu verfeinern, sie stinkt. Sie stinkt nach Trauer, Erbärmlichkeit, Angst und Verlangen. Aber künstlich ist sie nicht.

Zwei junge Frauen in der anderen Ecke des Raumes lachten hell auf. Sie schienen Freundinnen zu sein, und ihr leise geführtes Gespräch, das schon die ganze Zeit wie ein Bächlein dahingeflossen war, hatte wohl einen heiteren Punkt berührt. Sie legten die Köpfe zurück, gaben Einblick in ihre lachenden Kehlen und ließen ihre Gesichter hin- und herschwingen wie Lampions.

Das Lachen, dachte sie. Sogar hier gedeiht es.

Beide Frauen waren sehr stark und sehr ungeschickt geschminkt. Beide hatten dünnes und strapaziertes, aber grell gefärbtes Haar, das ihnen wie ein zerfledderter, kleiner Strahlenkranz vom Kopf abstand. Gekleidet waren sie wie Huren – kurze, enganliegende Röcke, schwarze Strümpfe, bis zum Knie reichende Lackstiefel, dazu abgewetzte Lederjacken. Aber im Augenblick wurde dieses Bild kläglicher Erotik vom herzhaften Lachen der beiden gleichsam zertrümmert. Mit erstaunlicher, männlicher Kraft schlugen sie sich immer wieder auf die Schenkel und lachten Tränen, mit denen sie sich die wilde Augenschminke verschmierten. Das laute Benehmen der beiden Frauen in ihrer Ecke wurde so wenig beachtet oder kommentiert wie alles übrige, und allmählich ebbte auch ihre Heiterkeit wieder ab.

Anfangs hatte sie angenommen, Besucherinnen dieser Art – von denen es überraschend viele gab – seien berufsmäßige Nutten, die getreulich den inhaftierten Zuhälter und Freund besuchen kämen. Allmählich aber kamen ihr Zweifel. Zu oft beobachtete sie mühevolles Hinken im ungewohnten Stöckelschuh, verlegenes Zupfen an durchsichtigen Nylonstrumpfhosen und Zerren an zu kurzen Röcken aus imitiertem Schlangenleder oder Tigerfell – kurz, eine gewisse Uneinigkeit zwischen der betreffenden Person und ihrer nuttengerechten Maskerade. Und sie kam zu einem völlig anderen Schluß. Diese Frauen trachteten danach, ihrem darbenden Ehemann oder Geliebten die kurzen Minuten optischer Gegenwart mit sexuellen Attributen zu versüßen.

Diese Beobachtung rührte sie. Daß Frauen – die meisten sahen abgearbeitet, übermüdet und schlecht ernährt aus – einen solchen Großmut entwickeln konnten. Daß sie einem Mann durch die Barriere gelochter Plastikscheiben, die sie unerbittlich voneinander trennte, zehn Minuten lang eine Ahnung von verworfenem, verfügbarem Frausein zu schenken versuchten – dieser Liebesbeweis rührte sie mehr, als jede andere Form weiblicher Selbstaufgabe es je vermocht hatte. Daher betrachtete sie auch die beiden Frauen, die jetzt verstummt und erschöpft gegeneinandergelehnt in ihrer Ecke saßen, mit einer Art von Zärtlichkeit. Die eine gähnte, die andere kratzte ihr mageres Knie.

Sie zwang sich, den Blick wieder abzuwenden. Denn hier, in diesen grell und unschön erleuchteten Räumen, die stickig waren von der Ausdünstung wartender Menschen, herrschte unausgesprochen das Gebot zur Diskretion. Hier wurde niemand angestarrt oder provokant gemustert. Die unbedeckte Brust einer stillenden Mutter oder das kleine herumtanzende Zigeunermädchen in seiner knallroten Synthetikjacke, nichts und niemand zog hier Blicke auf sich. Jeder trug sein Schicksal hierher und wußte, daß die anderen in gleicher Weise beladen waren. Hier gab es kein Mehr oder Weniger – höchstens im Hinblick auf die verbleibende Haftzeit derjenigen, die man besuchte. Aber auch das zählte jetzt und heute kaum, angesichts der schlichten Tatsache, daß man einen Gefangenen, einen weggesperrten Menschen, zu sehen und zu sprechen begehrte. Es galt, die kurze genehmigte Zeitspanne zu nutzen.

Auch sie hatte gelernt, diese Tatsache in ihr Leben aufzunehmen. Sie gehörte mittlerweile zu ihr. Sie betrat das Gefängnis mit ähnlich bestimmtem und sicherem Schritt, wie eine Bankfiliale, ein Kaufhaus oder einen Konzertsaal.

Nur konnte sie hier, im Gegensatz zu den anderen Räumlichkeiten, Schritt für Schritt Außenwelt abwerfen. Wenn sie schließlich auf einer der hellen Holzbänke saß, ergab sie sich dem Warten, denn es bot Erlösung. Obwohl alle Bitterkeit des Lebens sie hier umgab, fühlte sie sich von den unzähligen Notwendigkeiten und Wünschen erlöst, die Bestandteile eines sogenannten tätigen Lebens sind. Hier saß sie untätig. Die Stunden gingen dahin, und mit Terminen und Pünktlichkeit hatte sie hier schnell nichts mehr zu schaffen, hier galt nur noch das Schlagen des eigenen Herzens, nicht mehr das von Stunden.

So muß es doch auch ihm ergehen, dachte sie. Er lebt hier außerhalb der Zeit, nicht nur außerhalb der Welt. Und sie begann sich zu fragen, ob sie nicht gar bereit wäre, mit ihm zu tauschen. Ob es wirklich des großen Bedauerns, der ergriffenen Kopfschüttelei bedurfte, die letztlich nichts anderes war als Abstandnehmen, wie man Abstand nimmt, wenn einer stirbt. Was dieses verhohlene Schaudern sollte, mit der ehemalige Freunde sie baten, ihn doch von ihnen zu grüßen. Als müsse sie einen Gruß über den Orkus hinwegtragen. Meist vergaß sie, ihn auszurichten. Weil auch ein Gruß hier nicht mehr zählt.

Sie selbst hatte aufgehört, ihn zu bedauern.

Im Gegenteil. Wenn sie sich zwischen Verantwortlichkeiten, Besorgnissen und hastigem Handelnmüssen wie zerrissen fühlte, wie aufgespießt von den kalten Zahlen in ihrem Kalender, in dem die Eintragungen wie Schleim Seite um Seite überzogen, sich breit machend, sie erstickend, wenn ihr das freie Ausatmen verwehrt zu sein schien und sie in ihre Nächte fiel wie ein Stein, bewußtlos, ja wenn sie sich ihrer Bewußtlosikeit bewußt wurde, dann stellte sie oft fest, daß sie ihn zu beneiden begann, ihn, den Gefangenen.

Sie nannte ihn nicht mehr bei dem Namen, den sie so viele Jahre im Mund geführt und der ihre Gedanken besetzt gehalten hatte. Sein Name glich einem Fluch oder einem Slogan, was für sie ein und dasselbe war. Ihr schien, als hätte sie seinen Namen bereits vergessen. Sie nannte ihn nur noch »Mönch«.

Hallo, Mönch. Ihn so zu begrüßen, wurde Gepflogenheit.

Auch er hatte sie eines Tages umgetauft. »Ich nenne

dich BETH!« hatte er feierlich gesagt und dabei die Hand gegen die perforierte Trennscheibe gelegt. Sie hatte gelacht.

»Warum Beth?«

»Warum Mönch?« entgegnete er, und sie drang nicht weiter in ihn.

Sicher saß sie heute bereits die dritte Stunde hier auf ihrer Bank. Viele, die nach ihr gekommen waren, hatte man bereits aufgerufen. Sie wußte nicht, nach welchen Gesetzmäßigkeiten das verlief, es interessierte sie auch nicht wirklich. Sie stand auf und ging im Warteraum ein wenig auf und ab.

Ein Säugling, der seine ersten Schritte wohl erst kurz hinter sich hatte, torkelte ihr vor die Füße, sie bückte sich und hielt ihn der herbeieilenden Mutter entgegen. Zwei abgekämpfte Augen lächelten sie dankbar an, dann wurde das Kleinkind wieder hochgehoben. Die grell türkisfarbene, pompös mit rosa Wollrüschen garnierte Babygarnitur blähte das Kind zu einem kleinen Ungeheuer auf, das die dünne Frau mit dem fahlen Gesicht förmlich erdrückte. Wie eine fleischfressende Blüte auf viel zu schwachem Stengel schwankte der Säugling in den Armen seiner Mutter.

Während sie die beiden noch beobachtete, wurde wieder aufgerufen, als letzte Nummer ihre 17.

Auch die Mutter mit ihrem Riesenbaby war offenbar unter den Aufgerufenen, ihre Augen weiteten sich, sie raffte das Kind wild an sich, strich ihm mit einer

Gebärde erschöpften Stolzes über sein rundes, angesabbertes Gesicht, es begann zu schreien, sie zupfte noch flüchtig ihr eigenes verknittertes Kleid zurecht, und dieser wirre, halb aufgelöste Knäuel aus zwei Menschen bewegte sich stolpernd davon. Die kleine Schar der anderen, deren Wartezeit nun ebenfalls beendet war, folgte mit heftigem Atem und heftigen Schritten.

Sie selbst hatte sich angewöhnt, ein wenig abzuwarten, gemächlich ihre große Tasche an sich zu nehmen, den Riemen über ihre Schulter zu streifen, das quadratische Plättchen mit der Nummer aus der Manteltasche hervorzuziehen, wo sie es meist fest umschlossen gehalten hatte. Allein dadurch, daß sie diese geringfügigen Gesten in Ruhe aneinanderreihte, blieb sie hinter der erregten Menschenlawine, die sich in den Besuchsraum ergoß, zurück und konnte mit freien und ausgreifenden Schritten folgen. Der Wachebeamte nahm ihr Nummernplättchen mit ausdruckslosem Gesicht an sich, er sah nur die Zahl und nicht ihr Lächeln, mit dem sie jedesmal versuchte, hinter dieser fahlgrauen Uniform einen Menschen aufzuspüren. Manchmal gelang es sogar. Manchmal erwiderte einer das Lächeln mit einem freundlichen Blick. Der Mann heute blieb Wand, so starr und leblos, als hätte er die Pflicht, eine Gefängnismauer zu verkörpern.

Sie aber legte ihr Lächeln nicht mehr ab, warf es voraus, ahnend, daß er auch diesmal in der letzten

Kabine sitzen würde, oder vielleicht wies ihr auch sein kariertes englisches Jackett den Weg. Sie sah es bei seinen letzten Schritten zwischen zwei Wachebeamten, sah es, noch ehe er sich setzte. Dieses Jackett schien einen eigenen, für alle sichtbaren Weg zu nehmen, eine Prozession zu beleuchten, wie es Kerzen tun, es wanderte wie ein Licht, dem sie nur zu folgen brauchte.

»Hallo, Mönch«, sagte sie, während auch sie Platz nahm.

»Beth«, antwortete er und legte seine Handfläche auf die durchsichtige gelochte Scheibe. Verwischt, wie unter Wasser sah sie die vertrauten Linien und lehnte ihre Hand dagegen. So pflegten sie einander zu begrüßen. Unser Aquariumsgruß, nannte er es. Die Zeit der Gefängnisgitter, an die man sich klammert, durch die man einander die Hände oder Finger entgegenstrekken konnte, sind vorbei. Wenn sie es jetzt in einem Film sah, seufzte sie sofort, wehmütig und achselzukkend zugleich, einer verlorengegangenen Romantik hinterher. Durch die runden, leicht gegeneinander verschobenen Löcher in dieser Kunststoffmasse, undurchdringlicher als jedes Gitter, konnten allenfalls mit Mühe die Fingerkuppen einander ahnen.

Bei ihrem ersten Besuch hatten sie lange damit herumgespielt, vielleicht, um diese Erstmaligkeit zu überbrücken. Bis er gesagt hatte: »Komm. Zeig mir deine Hand, dann fühle ich sie auch. Was soll dieses Gebohre.« Und sie hatten begonnen, einander die geöffneten Handflächen darzubieten, sie gegeneinanderzubreiten wie Blätter unter Wasser. Langsam war daraus eine Berührung geworden, die sie körperlich empfand. »Gut so«, sagte er dazu, so lasziv wie eh und je, und sie konnte nicht umhin, die Wärme seiner Handfläche zu fühlen, oder die seiner Gedanken, egal. Jedenfalls wurde sie rot und er lachte. Und dies alles beim ersten Besuch hier, als sie zum ersten Mal einen sichtbar und offiziell gefangenen Menschen vor Augen gehabt hatte, einen Gefangenen eben. Und dieser Gefangene war er. Er, der sich selbst stets so maßlos und gewalttätig vorwärtsgetrieben hatte, als bestünde die Welt nur aus Fesseln, darauf aus, ihn festzuhalten. Ein Atemzug bereits die Schlinge um seinen Hals, jedes Wort zuviel ein Gitterstab. Die Menschen um ihn her Mauern, die es zu überspringen oder niederzurennen galt. Und das gefährlichste von allem ein Mensch, einer allein, der sich vor ihm aufbaute, ein fremdes Universum, durchzogen von Gebirgen unvertrauter Überlegungen, mit einer Stirn, hinter der etwas lebte, das nicht einzufangen, aber in der Lage war, Fallen zu stellen. Jeder Mensch ein drohender Kerker. Wie hastig war er unterwegs gewesen, um all dem unaufhörlich zu entrinnen. Und jetzt saß er hier.

Bei ihrem ersten Besuch konnte sie es nicht fassen.

Sie hatte gelernt, diese Fassungslosigkeit umzuwandeln, mußte es wohl erlernen. »Schadet keinem«, pflegt er zu sagen. Was genau daraus hervorgegangen war, wohin diese Umwandlung geführt hatte, konnte sie bis heute noch nicht präzise angeben. Sie hatte nicht den Eindruck, ihm jetzt mit Fassung, also gefaßt gegenüberzutreten. Gefaßt, eingefaßt, umgrenzt der Blick, nein. Eher im Gegenteil. Eher hatte eine erweiterte Landschaft sie beide aufgenommen, sie sah ihn Räume durchschreiten, ohne daß er floh. Mit seinem karierten Jackett sah sie ihn wie von fern ein endloses Tal durchqueren, die Hänge zu beiden Seiten weit auseinandergerückt und somit unsichtbar.

»Träumst du, Beth?« fragte er.

»Nein. Ich sehe dich nur.«

»Wie sehe ich aus, Beth? Ich habe mich lange nicht mehr gesehen. Angesehen. Wie sehe ich aus?«

»Laß dich näher anschauen.«

Sie holte ihn aus dem fernen Tal zu sich heran, Schichten aus Luft und Kunststoff mußten durchdrungen, zur Seite geschoben werden.

Es schien, als flöge sein Gesicht, sich rasch vergrößernd, auf sie zu. Beide hatten sie die Hände von der Plastikscheibe gelöst, die Arme vor sich verschränkt, und sich einander zugeneigt.

Seine Augen befanden sich jetzt in großer Nähe vor ihr, sie konnte die Poren auf seinem Nasenrükken wahrnehmen und die kleine heftige Welle seiner Oberlippe, die ins Gestrüpp der Barthaare hineinschlug.

»Du siehst aus wie ein verwahrloster Badestrand«, sagte sie.

»Sehr gut«, sagte er, »hab ich immer gemocht.«

(Das Waldstück senkte sich steil, man mußte sich an den Baumstämmen festhalten, um beim Abwärtsschlittern nicht zu stürzen. Dann, sehr plötzlich, das Seeufer vor ihnen. Sie hatten die kleine Bucht durch Zufall entdeckt, sie von der andern Seeseite her erspäht, und er war es, der sich durch den Wald abwärts fallen ließ wie ein Erdbrocken, ohne auf Kleidung oder Gesichtshaut Rücksicht zu nehmen. Schmutzig und zerkratzt hatte er von unten her nach ihr gebrüllt, und zaghaft war sie ihm gefolgt, die Bäume umarmend, als wären sie ihr einziger Halt, der fast senkrechte Waldboden schien nur einer von den vielen Abgründen zu sein, in die er sie zog.

Das Ufer war steinig, von gelben Gräsern durchwachsen. Unter dem wolkigen Himmel wirkte die Seefläche blaß, als fröre sie.

Laß uns baden, sagte er trotzdem. Und sie hatte begonnen, ihr Kleid aufzuknöpfen.)

Die einzelnen Besucherkojen waren voneinander durch hölzerne Paravents getrennt, dennoch hörten sie jetzt von nebenan die erregte Stimme eines anderen Häftlings. Was er sagte, auf türkisch wohl, verstanden sie nicht, das unterdrückte Schluchzen aber, das zwischen seinen halblauten Worten hervordrang, griff nach ihnen wie die Stimme eines Märchenerzählers.

»Siehst du, Beth«, sagte er, ohne sein Gesicht von ihr zu entfernen, »deshalb weine ich nicht. Es wird allzu reichlich getan. Ich sähe mal gerne vor mir, was an einem Tag auf Erden so geheult wird, diesen hübschen Wasserfall, den sähe ich gern.«

»Weinst du nie?«

Er gab keine Antwort.

»Woran wollen wir uns heute erinnern, Beth?« fragte er dann.

»An dein Weinen vielleicht. Damals hast du oft geweint.«

Er warf seine Hand kurz durch die Luft, als müsse etwas vertrieben werden.

»Nein, Beth, nur du hast schön geweint, reichlich und ergeben, wie ein Brunnen. Ich sehe dich am Ende des großen Badezimmers sitzen, auf einem roten Stuhl, der blutig aussah zwischen den weißen Kacheln, und dein Gesicht hob sich von der Milchglasscheibe hinter dir ab, aber nur als Linie, deine Haut hatte ebenfalls diese milchig zerronnene, weißliche Färbung. Und auch deine Tränen. Zuletzt flossen sie immer sehr still. Nachdem alles gesagt und niedergeschrieen war, flossen sie still, wie ein Bach zwischen Wiesen oder ein Dorfbrunnen nachts ... Siehst du, ich finde zu deinem Weinen nur schöne Vergleiche, Bilder aus der Kindheit.«

»Deine Kindheit war nicht allzu schön, Mönch«, sagte sie.

»Bilder gibt es immer, Beth. Und ich gehe den Bildern nach, du ahnst nicht, wie umgeben von Bildern ich bin, als bestünde das Leben nur aus Bildern, bewegte und zum Stillstand gekommene.«

Sie lächelte ihn an.

»Ich ahne es.«

»Ja?«

»Ja. Auch ich lebe zwischen Bildern, die ich erschaffen oder herbeirufen kann. Lebe mit ihnen mehr als mit den Aufgaben, die der Tag mir stellt.«

»Mir stellt der Tag keine Aufgaben mehr.«

»Also bist du der Sache näher, Mönch.«

»Der Sache?«

»Dir selbst.«

Er lachte ein kurzes trockenes Lachen. Es klang wie Blätterrascheln, als führe ein Windstoß ins Herbstlaub. »Werde nicht wieder so einfach, Beth!«

Sie sah ihn an.

(Das Zimmer hatte eine erkerartige, halbkreisförmige Fensterfront, und die führte nicht zur Straße, sondern in den Hinterhof hinaus. Das Grau der schmutzigen Mauern und der ebenfalls schmutzigen Taubenschwärme schien auch das Zimmer zu erfüllen. Er lag rücklings auf dem breiten Bett, auf der Überdecke, in die kleine Spiegelchen eingenäht waren, mit bunten Fäden in das honiggoldene Tuch genäht,

lag auf dieser Insel aus Farbe und Widerschein mit geschlossenen Augen, selbst so grau wie eine Taubenschwinge, ja, wie der gebrochene Flügel eines Vogels lag er da.

Sie stand vor dem Bett, mit dem Rücken zu der grauen Fensterfrontt, und sah ihn an. Seine Schläfen wirkten eingesunken und warfen schwarze Schatten. Das Gesicht sah aus, als hätte man alles Fleisch, alle Weichheit unter der Haut davongesaugt. Sie sah ihn an und fühlte, wie dieser Anblick auch sie aufsaugte. Sie fühlte es ganz unmittelbar, ein Ziehen in ihrem Körper, der Tiefe zu. Als hätte sich die Schwerkraft in ihr vervielfältigt.

Die Tauben im Hof gurrten müde. Einige Zimmer entfernt, geschlossene Türen dazwischen, überschlugen sich zwei helle Kinderstimmen. Aber hier, in diesem aschgrauen Raum, schien kein Geräusch Fuß zu fassen, hier war alles haltlos. Alles würde mitgerissen werden und in dem Schweigen versinken, das aus dem Körper vor ihr dunkel und ohne Ende hervordrang. Bald würde es geschehen, sie fühlte bereits das ferne Zittern dieser untergehenden Welt.

Er hustete plötzlich laut, hatte sich wohl im Liegen verschluckt, und ein wenig Speichel floß ihm aus dem Mundwinkel. Er warf seinen Kopf mehrmals hin und her, dann öffnete er seine Augen. Sie glichen den Spiegelscherben auf der Bettdecke, zwei trübe Scherben.

Als er sie sah, versuchte er zu lächeln.

»Aufrecht steht sie da und schaut den Wurm sich an«, sagte er, ohne seinen Körper zu bewegen. Er lag vor ihr, die Beine gespreizt, eine Hand gegen den Magen gedrückt, *die andere hatte weitab eine Mulde in der Bettdecke gefunden.*

»Ob sie wohl auch zu mir spricht?« fuhr er fort. Die Worte verließen ihn mühsam. Dann mußte er rülpsen.

»Warum hast du wieder angefangen?« sagte sie, hilflos und gegen ihren Willen.

»Sie sprach! Götter, sie sprach zu mir, auf ihre ach so einfache Weise.«

Sein Lachen verwandelte sich schnell in einen Hustenanfall, der einem erstickten Röcheln glich, sie mußte ihm helfen, sich aufzurichten. Mit erstaunlicher Wildheit wehrte er ihre Arme ab.

»Bleib, wo du bist«, schrie er sie an, »du weißt, daß ich stinke. Daß ich stinke wie eine Kanalratte.«

»Hör doch auf damit«, sagte sie, unfähig, den Mund zu halten. Er kramte sein Taschentuch aus der Jackentasche, spuckte hinein, zerknüllte es dann und rieb sich die Nase.

»Nicht so einfach, sei du nicht so einfach, ich bitte dich.« Ruhig und müde hatte er das gesagt. Dann ließ er sich wieder auf das Bett zurückfallen.)

Das Schluchzen des türkisch sprechenden Menschen nebenan war verstummt. Überhaupt hatte sich der Raum auf einmal mit Schweigen gefüllt, der Gesprächsstoff aller, Besucher und Häftlinge, schien sich in seltsamer Eintracht erschöpft zu haben.

»Ein Engel geht durchs Zimmer«, sagte sie.

»Wie kommst du darauf?«

»Das hat man bei mir zu Hause gesagt, wenn alle am Tisch verstummt sind und plötzlich keiner mehr wußte, was sagen. Dann hat immer einer erklärt: Ein Engel geht durchs Zimmer.«

»Besser dieser Engel als Geschwätz.« Er lachte wieder sein raschelndes Lachen. »Hier, wo ich jetzt bin, gehen die Engel, so betrachtet, scharenweise um. Ich sitze da und sehe ein Stück Himmel, bin verstummt und weiß nicht mehr, was sagen. Sehr still ist es plötzlich. Immer wieder plötzlich sehr still. Immer wieder ein Engel, der durchs Zimmer geht?«

»Vielleicht«, sagte sie und lächelte nicht.

Er legte das Kinn auf die übereinandergefalteten Hände und sah sie von unten her an. Das Weiße um seine Pupillen war klar, nicht von diesen zarten roten Äderchen durchflochten, wie sie es zu sehen gewohnt gewesen war. Immer hatte in seinen Augen etwas Rötliches, Blutiges mitgeschimmert.

»Du hast keine rotunterlaufenen Augen mehr«, sagte sie, »es fällt mir heute zum ersten Mal auf. Du hast schneeweiße Augäpfel!«

»Das macht der Umgang mit den Engeln, die durch meine Zelle wandern.« Er lachte. »Beth, was willst du mir erklären? Daß ich auf dem besten Wege bin?«

»Ja«, gab sie zur Antwort.

(Ein kleines Sofa, durchgesessen, aus zimtbraunem Plüsch, und über ihrem Kopf die Wandleuchte mit dem gewellten

Glasschirm. Sie fühlte die Wärme der Glühbirne in ihrem Haar. Das alte Kaffeehaus war voll besetzt und von Stimmengewirr erfüllt, die Menschen brüllten durcheinander, als gälte es einen Preis für stimmliche Lautstärke zu gewinnen. Man drängte sich hier auf so beengende Weise, daß der Raum einem überfüllten Asyl glich, einer Zufluchtsstätte für Verzweifelte. Sie saß ungern hier, verstand nicht, daß man sich freiwillig dieser dampfenden Menschennähe aussetzen konnte, wo die Schultern und Schenkel fremder Körper einen streiften und man ab und zu den harten Stoß eines Ellbogens verspürte.

Der runde Tisch mit der Marmorplatte, um den sie alle saßen, Freunde allesamt und doch auch nicht, denn immer schwang auch Feindseligkeit mit, war voller Tassen und Gläser. Sie streckte ihren Arm aus, der eng an ihren Leib gepreßt gewesen war, um die Karaffe mit Zitronenlimonade zu erreichen, um zu trinken, um irgend etwas zu tun, um ihre Anwesenheit wenigstens durch eine Geste zu bekunden. »Laß die blöde Limonade«, sagte er sofort. Er saß dicht neben ihr auf dem Plüschsofa, sie fühlte die Wärme seiner Hüfte an der ihren. Obwohl er zuvor laut gesprochen hatte, seine Worte, sein Gelächter und seine schnellen aufmerksamen Blicke über den Tisch geworfen hatte wie ein Jongleur seine Bälle, war ihm ihr unsicherer Griff nach dem Getränk nicht entgangen. Und er drückte ihr auf halbem Weg ein Glas in die Hand. Ein großes Glas, scheinbar mit Wasser gefüllt. Sie wußte, daß es Schnaps war. »Trink«, sagte er leise und befehlend, mit einem Seitenblick, so rasch *wieder von ihr gelöst, als nähme er gar nicht wahr, daß sie neben ihm saß. Und gleich darauf faßte er einem dunkelhaarigen Mädchen auf der anderen Seite des Tisches an das Revers ihrer makellos geschnittenen Kostümjacke, starrte lachend in ein ebenso makelloses Dekolleté, schrie einen seiner frechen Sätze, und das dunkle Mädchen lächelte errötend, ehe es seine Hand abwehrte.*

Sie selbst saß da, mit dem Schnapsglas in der Hand, und konnte in das Gelächter der anderen nicht einstimmen. Man hatte davor über die Beschaffenheit und die Vielfalt weiblicher Brüste gesprochen, das heißt, die Männer in dieser Kaffeehausrunde hatten dieses Thema erörtert, die Frauen, alle jung, alle unsicher, hatten ein überlegen kühles Gesicht dazu gemacht, und hinter jedem dieser Gesichter stand gequältes Unbehagen. Dennoch bemühten sie sich jetzt, mitzulachen oder wenigstens zu lächeln, um zu beweisen, wie hoch über kleinkariertes, bürgerliches Verhalten sie ihren Kopf zu erheben vermochten.

Ihr eigener Kopf schien nicht hoch genug erhoben zu sein, denn sie fühlte sich schlicht beschämt, weil er an ihrer Seite den Busen einer anderen Frau betrachtet hatte. Sie setzte das Glas an den Mund und trank aus Verlegenheit einen großen Schluck von dem Schnaps, den sie verabscheute. Er brannte ihr in der Kehle und trieb ihr Tränen in die Augen. Daß diese Tränen offensichtlich von dem scharfen Getränk herrührten, war ihr nur recht, sie konnte sie dadurch unbesorgt mit einigen vermengen, die Scham und Verwirrung hervorlockten. Er sah ihre nassen Augen, und sie wußte, daß er sie sehen würde. Er schien alles zu sehen, zu jeder Zeit und in jedem Augenblick alles um sich herum zu sehen, seine Wahrnehmungsfähigkeit hatte sie von Anfang an beeindruckt. »Tja«, bemerkte er dann, »ich kann's wie Julius Cäsar, das eine tun und das andre dabei nicht unterlassen.«

Jetzt sah er sie ein wenig länger von der Seite her an und sagte dann: »Wenn's so richtig schön brennt, bist du auf dem besten Wege, daß er dir bald auch schmeckt.«)

Die Wachebeamten begannen auszuschwärmen, um die Häftlinge wieder einzusammeln und in ihre Zellen zurückzubringen. Das Ende der zehnminütigen Besuchszeit pflegte sich stets schon eine Weile vorher durch diese aufkommende Unruhe anzukündigen. Da schauten sie auf Uhren, zogen Pistolengürtel stramm, kratzten sich unter der Uniformmütze den Kopf, warfen einander kurze Bemerkungen zu, das ging wie ein Windstoß durch den Besuchsraum und vertrieb die Stimmung von Zeitlosigkeit, die sich im Raunen, Schluchzen, Seufzen, Lachen und Schweigen eine Weile lang breitgemacht hatte. Der Ruf zu Gesetzmäßigkeit und anbefohlener Ordnung glich jedes Mal einem Erwachen.

Er sah sie immer noch von unten her an, ließ sich vorläufig nicht aus der Ruhe bringen und tat, als hätte er die aufkommende Brise von Geschäftigkeit nicht verspürt.

»Nun ja«, sagte er, »ich bin auf dem besten Wege, ein Heiliger zu werden, Beth. Das meinst du doch wohl. Ich trinke nicht, ich ficke nicht, das Weiße meiner Augen ist gesund und so hell wie das Innere einer Muschel, die Engel spazieren reihenweise durch die Stille, in der ich mich aufhalte. Du begrüßt nicht nur das Schwinden meines blutunterlaufenen Säuferblicks, sondern auch das meines blutrünstigen und menschenfresserischen Seelenzustandes, denn du, mein kleiner Einfaltspinsel, hast begonnen, an so etwas wie an Läuterung zu denken, ist es nicht so? Aber freue dich nicht zu früh, was ein Ungetüm war, bleibt auch eines.«

»Du warst kein Ungetüm«, antwortete sie ruhig, »das ist ein Irrtum deinerseits. Ich glaube eher, daß du gerne ein Ungetüm gewesen wärst, ein Riese, ein Gigant, schrecklich nur, um uneinnehmbar zu sein. Du warst kein Ungetüm. Du warst ein lockiges und sanftäugiges Kind, auch später noch, als du dich aufgeführt hast wie der Kaiser von China.«

Er hatte sich aufgerichtet und schlug jetzt mit der Hand gegen die Kunststoffbarriere zwischen ihnen.

»Bitte! Ein lockiges und sanftäugiges Kind. Von welchen Zeiten sprichst du, Beth? Als wir einander in der Türe zum Café Stambul zum ersten Mal über den Weg liefen, hatte ich bereits schütteres Haar, ich würde sagen, eine beginnende Halbglatze. Wer da noch etwas Kindliches an sich hatte, ein rundes Gesicht und dicht verwachsene Augenbrauen, die noch nicht den geringsten Zupfer einer Pinzette verspürt hatten, das warst du, mit deiner Hilfsbereitschaft, die Papierrollen aufzuheben, die mir unter dem Arm weggeglitten waren. Du hast dich gebückt wie ein Kind, den Popo weit und unbedacht von dir gestreckt. Ich sah das alles mit meinen durchaus erwachsenen Männeraugen, fand es rührend und hätte gleichzeitig gerne auf diesen mächtigen Mädchenarsch geklopft. Also, Beth!! Laß das lockige und sanftäugige Kind in meinem Fall beiseite. Verirre dich nicht.«

(Das Photo. Er neben seiner Mutter, die ein Kleid mit Blumenmuster trug, ihn um die Schultern genommen hatte und stolz von der Seite auf ihn herabblickte, mit dem bescheidenen und unerschütterlichen Stolz einer Liebe, die sich unterordnet. Hinter ihnen ein ansteigender Grashang, sonst nichts, und vor diesen ungenauen Grasbüscheln, die auf der alten und unscharfen Schwarzweiß-Photographie ein seltsames Muster wie das kleiner, schwebender Wölkchen erzeugt hatten, sein lächelndes Kindergesicht. Er lächelte direkt in die Kamera, und alles, das dichte wellige Haar über der Stirn, der Schatten, den die leicht zusammengekniffenen Augen warfen, die halbmondförmigen Gruben da, wo der lächelnde Mund in der Wange auslief, alles kündete von außergewöhnlicher Sanftmut. Er schien dem Leben ohne Arg entgegenzublicken, seine Hände waren über der Mitte des Leibes verschränkt, als wäre diese Mitte eine selbstver-

ständliche und gut zu hütende Quelle, bereit, alles Zukünftige zu speisen. Aber locker lagen seine Hände ineinander, ohne Furcht, sich zu öffnen. Ja, furchtlos stand er da, die Beine stämmig und ein wenig gespreizt, neben seiner Mutter im verwaschenen Blumenkleid, stand im kurzärmligen Hemd vor dem Gewölk einer steilen, grasigen Halde und lächelte, ein lockiges und sanftäugiges Kind.)

»Es ist Zeit«, rief einer der Wachebeamten zu ihnen her. »Bitte beenden Sie jetzt Ihr Gespräch.«

»Das werden wir zwar nicht tun –«, murmelte sie, erhob sich aber gehorsam.

»Beth!« rief er, laut und herrisch, durch milchigen Kunststoff, durch Barriere und Absperrung, jedes Getrenntsein überwindend, »Beth!«, und ehe sie denken konnte, saß sie ihm wieder gegenüber.

»Nie eilfertig gehorchen.« Er sagte das, was eigentlich eine Maßregelung war, mit Leichtigkeit, warf es ihr zu wie einen hellen Ball. Dann sah sie seine mächtige Handfläche an die Plastikscheibe gelegt und preßte die ihre dagegen.

»Ich muß gehen«, sagte sie.

»Du wirst gehen«, sagte er.

Objekt der Begierde

Das Meer berührte und wiegte sie, ihre Gliedmaßen bewegten sich leicht wie Pflanzen und so, als wäre nicht sie selbst es, die sie in Bewegung versetzte. Das Wasser war so klar, dass sie an ihrem Körper hinabsehen konnte. Auch ihre Haut schien sanft Wellen zu schlagen. Allcs, was nackt ist, gehört sich selbst, dachte sie. Das Meer nimmt auf und prüft nicht. Wenn ich mich jetzt als Teil des Meeres fühle, kann ich meinen Körper als Teil eines Ganzen bejahen. Wie ich Wasserpflanzen, wiegendes Seegras, die silbernen Schwärme kleiner Fische bejahe. Würde irgendeine Hülle, ein Badetrikot, Höschen oder Büstenhalter an ihm baumeln, wäre seine Nacktheit verletzt, somit auch seine Arglosigkeit. Wir altern gemäß unseren Vorstellungen. Die Attribute sind es, die schmachvoll für uns sind, nicht die Form selbst. Und wir haben gelernt, Attribute zu lieben, bei uns selbst und beim anderen. Wir haben das Gefühl für die reine Form der Körper verloren, und deshalb gibt es auch die reine Form der körperlichen Liebe nur selten.

Gibt es sie überhaupt? dachte sie, die reine Form

der körperlichen Liebe? Gibt es nicht nur Begehren? Und wird nicht verworfen, was man nicht mehr begehrt? Sind Körper je etwas anderes als Objekte der Begierde, die danach, nach der Zeit der Paarung, nur noch schamvoll verhüllt zu Ende existieren dürfen?

Gibt es Paare, die auch ihre Körper lieben, bis der Tod sie scheidet? Nicht achtungsvoll, sondern durchaus begehrlich? Weil es nicht um das Attribut Jugend ging oder geht?

Gern wüsste ich von ihnen, dachte sie. Diese Erfahrung bleibt mir verwehrt.

Sie drehte sich auf den Rücken, mit einem leisen Ruck des vom Wasser gewiegten Körpers, und betrachtete dann ihre Brüste vor sich. Sie wirkten wie weiche, große Blätter einer Blume, die man auf das Meer hatte fallen lassen und die jetzt mit den Wellen dahintrieben.

Glück

Allein und ungeliebt der Schönheit standhalten, ohne das Glück nur desto schmerzlicher zu vermissen, dachte sie, ob das jemandem gelingt? Warum ist Glück so sehr davon abhängig, daß man glücklich ist? Und warum ist Glücklichsein nicht so einfach herbeizuführen und zu erlangen wie andere Zustände? Traurigsein, zum Beispiel. Das gelingt doch immer. Um hungrig zu werden, braucht man nur eine Weile nichts zu essen. Aber lassen wir die körperlichen Zustände beiseite, bleiben wir im Bereich unseres Gemüts. Sehnsüchtigsein: das ist jederzeit zu schaffen. Aufmerksamsein. Gleichgültigsein. Sogar heiter zu sein ist möglich, wenn man es durchaus will. Gelassen zu sein, aufgeregt zu sein, ruhig zu sein, nervös zu sein, friedlich zu sein, zänkisch zu sein, erregt zu sein, träge zu sein, emsig zu sein, begeistert zu sein, andachtsvoll zu sein, dankbar zu sein – alles willentlich herbeizuführen.

Nur glücklich kann man nicht sein, ohne wirklich glücklich zu sein.

Der Besuch

Sie saß auf der offenen Veranda und schaute in die Bäume hinaus. Es war schwül. Sie dachte gerade daran, sich aus dem Keller eine Flasche Bier zu holen, als es läutete.

Obwohl der schrille Klang der Türglocke sie zusammenfahren ließ, stand sie nicht gleich auf. Sie überlegte. Es war Sonntag und sie war allein im Haus. Sie hatte sich mit niemandem verabredet, und alle ihre Freunde wußten, daß sie überraschende Besuche nicht leiden konnte.

Es läutete nochmals, diesmal anhaltend und ungeduldig.

Sie stand auf und ging zu einem der Fenster, die auf die Straße hinausführten. Ohne den Vorhang zur Seite zu schieben, versuchte sie zu erkennen, wer an der Gartentür stand, aber die Sträucher verdeckten den Ausblick. Sie wuchsen in diesem Sommer besonders dicht, denn es hatte reichlich geregnet.

Sie entschloß sich, an den vorderen Eingang zu treten. Durch die Glasscheiben sah sie eine Frau, die sie nicht kannte. Aus dem blassen Gesicht starrten unwirsche Augen zu ihr herein, und die Frau hatte ihre rechte Hand immer noch auf der Türglocke liegen. Gleich würde sie nochmals läuten.

Also öffnete sie die Eingangstüre und fragte, ohne das Hausinnere zu verlassen: »Ja, bitte?«

»Sind Sie Frau Medwed?« fragte die Frau hastig und laut zurück.

»Ja, ich bin Frau Medwed«, sagte sie ruhig. »Und wer sind Sie?«

»Ich bin Klara. Klara Ebermooser.«

Sie hatte diesen Namen noch nie gehört und musterte die Frau hinter der Gartentüre eingehender. Sie schien noch jung zu sein. Ihre Schultern unter den schmalen Trägern ihres schwarzen Kleides waren sehr mager und ebenso blaß wie das Gesicht.

»Und?«

»Ich habe gehört, daß Sie jemanden brauchen«, sagte Klara Ebermooser.

»Daß ich jemanden brauche?«

»Ja. Jemand, der Sie pflegt.«

»Aber ich bin nicht krank.«

Sie fühlte, daß sie zornig wurde. Das scheint ein schlechter Scherz zu sein, dachte sie, aber wer kann ihn wohl angezettelt haben?

»Doch«, antwortete Klara Ebermooser mit Bestimmtheit.

»Dann bin ich selbst davon noch nicht in Kenntnis gesetzt worden.« Sie wollte sich in einen Scherz retten, hörte aber selbst, daß ihre Stimme vor Wut zitterte.

»Das kann sein«, sagte Klara Ebermooser ungerührt.

Was für ein Name, dachte sie und wollte die Haustüre zuschlagen und auf die Veranda zurückkehren. Aber zu ihrem eigenen Erstaunen blieb sie schweigend stehen.

»Wer hat Ihnen das gesagt?« fragte sie schließlich.

»Was?«

»Daß ich krank sei und Pflege bräuchte?«

»Ein Herr, der es wissen muß.«

Was soll das denn wieder heißen? dachte sie. Diese Frau ist unverschämt. Ein Herr, der es wissen muß. Welcher Herr weiß irgend etwas von mir? Gott schütze mich.

»Und warum hat dieser Herr es gerade Ihnen gesagt?« fragte sie gereizt.

»Weil nur ich Ihnen helfen kann«, sagte Klara Ebermooser.

»Aha«, sagte sie.

»Lassen Sie mich hinein?« fragte die andere.

Sie wußte selbst nicht, warum sie es tat. Aber sie verließ das Hausinnere, ging zur Gartentüre und schloß sie auf. Klara Ebermooser schlüpfte sofort an ihr vorbei, mit einem erleichterten Aufatmen, wie es schien. Dann sah sie ihr ruhig dabei zu, wie sie die Türe wieder abschloß.

Bis heute hat sie sich geweigert, einen automatischen Türöffner anzubringen, lieber ging sie auch bei Regen oder Schnee mit dem Schlüssel hinaus und ließ so die Leute zu sich herein. Und auch wieder hinaus. Es gab ihr das Gefühl, beteiligt zu sein, wenn jemand sie aufsuchte, und hatte sicher auch damit zu tun, daß sie sich den Menschen nur mit Überwindung näherte. Andere auf Knopfdruck in ihr Haus zu lassen, hätte sie nicht ertragen.

So wie sie es jetzt kaum ertrug, wie nahe Klara Ebermooser ihr gekommen war, daß sie dicht neben ihr stand und ihr beim Abschließen zusah.

»Also kommen Sie«, sagte sie mürrisch und ging voraus. Nachdem Klara Ebermooser das Haus betreten hatte, schloß sie auch die Haustüre von innen ab und hängte den Schlüssel zum Gartentor wieder an den für ihn bestimmten Haken.

In dem holzgetäfelten Gang war es immer dunkel, und sie dachte selten daran, Licht anzudrehen. Sie selbst fand sich im Halbdunkel mühelos zurecht, und Gäste scheuchte sie vor sich her, bis die helleren Räume erreicht waren.

Im großen Wohnraum ging sie dann voraus, durchquerte ihn mit eiligen Schritten und bedeutete Klara Ebermooser, auf die Veranda zu treten. Die Fremde befolgte alle stummen Anweisungen mit gelassener Ruhe, fast so, als kenne sie den Weg bereits.

»Setzen Sie sich.« Auch diesem Befehl gehorchte

Klara Ebermooser widerspruchslos und glitt wie eine Katze auf den nächstbesten Stuhl.

Wieder schauten die beiden Frauen einander schweigend an. Auch die Bäume rundherum schwiegen, kein Lufthauch bewegte sie.

»Ich glaube, es wird ein Gewitter geben«, sagte Klara Ebermooser schließlich.

»Das glaube ich auch«, gab sie zurück, befriedigt über den Doppelsinn ihrer Bemerkung. Gerne hätte sie Blitz und Donner auf diese Person entladen, die nun auf ihrer Veranda saß, im schwarzen Kleid, mit bloßen Schultern und diesem unbewegten jungen Gesicht.

»Sie heißen Clarissa Medwed, nicht wahr?« fragte sie jetzt auch noch. Was für eine zudringliche Person.

»Ja.«

»Ganz ähnlich wie ich. Clarissa und Klara.«

»Das tut nichts zur Sache.«

Am liebsten hätte sie die junge Frau geschlagen. Aber das kann ich nicht tun, dachte sie, sie erst ins Haus bitten und dann prügeln. Warum nur habe ich sie hereingelassen? Warum nur sitzt sie jetzt auf meiner Veranda, in dem abgeblätterten Korbstuhl, als wäre das ihr Platz seit jeher? »Der Korbstuhl gehört gestrichen, der war einmal weiß.« Weil Klara Ebermooser ihn so selbstverständlich eingenommen hatte, fiel es ihr auf, sie hatte den Stuhl seit Jahren nicht mehr wahrgenommen.

»Ich kann das machen«, sagte Klara Ebermooser.

»Was machen?«

»Ihre Möbel streichen.«

Clarissa fühlte, daß ihr heiß wurde, heiß von innen her. Mit der Schwüle des Nachmittags hatte das nichts zu tun.

»Sie sollen hier überhaupt nichts machen«, sagte sie, »auch nicht Möbel streichen. Sie sollen mir nur kurz erklären, wer Sie so blödsinnig zu mir geschickt hat, und dann wieder gehen.«

Klara Ebermooser schüttelte tadelnd den Kopf.

»Der Herr, der mich geschickt hat, ist alles andere als blödsinnig.«

»Wer also?« fragte Clarissa. Ihr Mund fühlte sich pelzig und trocken an.

»Herr Wöllner.«

Diesen Namen hatte Clarissa erwartet, und dennoch zuckte sie zusammen, als er fiel.

»Herr Wöllner hat nichts mit mir zu tun«, sagte sie, »und in keiner Weise das Recht, jemanden zu mir zu schicken. Von meinem Gesundheitszustand hat er keine Ahnung.«

Jetzt lächelte Klara Ebermooser. Ihr Lächeln bestand nur aus einer Dehnung der Lippen, die Wangen blieben unverändert streng und schmal.

»Herr Wöllner ist ein Ehrenmann«, sagte sie.

Clarissa verlangte es plötzlich heftig nach dem Bier, das sie schon vor Klaras Erscheinen hatte trinken wollen.

»Entschuldigen Sie mich kurz«, sagte sie und schob ihren Sessel zurück. Sie stand auf und verließ die Veranda. Im dunklen Gang fand sie ohne Mühe den Griff der schmalen Kellertüre und stieg die Steinstufen hinunter. Eine angenehme Kühle empfing sie. Sie setzte sich auf die Kiste, aus der sie eigentlich nur die Bierflasche hätte ziehen wollen, legte ihr Gesicht in die Handflächen und atmete tief. Das schien sie zu besänftigen.

Herr Wöllner also. Herr Wöllner ließ sie weiterhin nicht in Ruhe. Aber was hatte sie denn erwartet? Daß er sich jemals zufriedengeben würde? Er?

Er nicht. Sie hätte es wissen müssen. Und sie hatte es auch gewußt, solche Gedanken aber von sich geschoben und die Stille der langen Sommertage genossen. Sie hatte sich einlullen lassen und Herrn Wöllner abgetan wie einen fernen, schlechten Traum.

Clarissa nahm schließlich zwei Flaschen Bier an sich und kehrte auf die Veranda zurück. Wind hatte sich erhoben, und die Bäume schaukelten. Klara Ebermooser saß mit angezogenen Beinen in dem Korbsessel und starrte hinaus.

»Wollen Sie auch ein Bier?« fragte Clarissa.

»Ja«, sagte Klara, ohne ihren Blick von den windbewegten Ästen zu lösen. Das Laub rauschte.

»Ich mag das, wenn die Bäume rauschen«, fuhr sie fort.

Ich auch, dachte Clarissa, aber wer mag das nicht. Sie schenkte das Bier in zwei Gläser, die sie aus dem

Geschirrschrank genommen hatte. Der befand sich auf der Veranda, denn sie aß meistens hier draußen. Dann stellte sie die zwei halbleeren Bierflaschen neben die Gläser und setzte sich.

»Mögen Sie das auch, wenn die Bäume rauschen?« fragte Klara Ebermooser.

Clarissa trank ihr Glas in einem Zug leer und rülpste ein wenig. Dann erst konnte sie antworten ohne zu schreien. »Sonst würde ich wohl nicht zwischen Bäumen leben«, sagte sie. »Aber sagen Sie mir jetzt, was Sie von mir wollen«

»Ich will nichts von Ihnen.« Klara sah sie an.

»Was dann?«

»Was ich schon sagte: Sie brauchen mich.«

»Sagt Herr Wöllner?«

»Und es ist Ihnen anzusehen.«

»Was ist mir anzusehen?« Diesmal schrie Clarissa.

»Daß Sie hilflos sind.«

Clarissa lehnte sich in ihrem Sessel zurück und schloß kurz die Augen. Als sie sie wieder öffnete, sah sie Klara vorgebeugt dasitzen und sie betrachten. Sie schaut mich an wie einen Leichnam, dachte Clarissa, als wolle sie mich in Kürze sezieren. Laut sagte sie: »Ich konnte mir bisher sehr gut helfen und habe ohne fremde Hilfe gelebt. Ich bin nicht krank. Im Gegenteil, ich fühle mich sehr wohl. Wenn man mich nur in Ruhe läßt. Sagen Sie das bitte Herrn Wöllner und gehen Sie!«

Klara Ebermooser nahm jetzt ihr Bierglas hoch und trank einige Schlucke. Dann wischte sie sich den Mund ab und starrte wieder in die Bäume hinaus. Der Wind war heftiger geworden.

»Jetzt regnet es gleich«, sagte Klara.

Die Veranda

Die Baumwipfel sind so dicht ineinander verwachsen, daß sie in der Höhe eine Landschaft bilden. Eine Hügellandschaft aus Laub. In der Tiefe liegt das Haus. Und die Veranda. Schattig beide. Nur mittags, wenn die Sonne senkrecht steht, erleuchtet sie die kleine Rasenfläche unter den Bäumen, auf welche die Veranda hinausführt. Aber Klara hat ohnehin den Schatten lieber. Ja, ich habe Schatten lieber, denkt sie. Baumschatten vor allem. Mit den feinen Lichtstrahlen, die zwischen den Blättern dennoch zu mir herfinden. Dann die Blätter selbst. Wie sie sich bewegen oder reglos sind. Ich mag die Monate mit belaubten Bäumen lieber. Im Winter sieht man bis zur Gasse hinüber, das mag ich weniger.

»Klara!« Das ist die Stimme von Frau Hausinger, sie ruft von der Küche her. »Klara! Wollen Sie vorher Suppe?«

»Was für eine?« ruft Klara zurück.

»Spargelcreme!« brüllt Frau Hausinger.

»Jaa!« brüllt Klara.

»Brüllen Sie nicht so, Klara, ich verstehe Sie auch so!«

»*Sie* brüllen!«

Jetzt hört man Frau Hausinger in der Küche vor sich hinlachen. Klara lacht auch vor sich hin. Ich heiße eigentlich gern Klara, denkt sie. Ja, den Namen Klara hab ich gern. Und nicht nur, weil man ihn so gut rufen kann. Klaaaraaa!! Wenn sie zu faul sind, zu mir auf die Veranda zu kommen, höre ich irgendwo im Haus dieses »Klaaaraaa!«, und dann eine Frage oder Mitteilung, auf die ich schreiend antworten muß. Gott sei Dank ist meine Stimme noch in Ordnung. Mit vollem Namen heiße ich ja Klara Marianna Postl. Ich habe Zeit gehabt, mich daran zu gewöhnen. Der Vater meiner Kinder fand, der Name Postl sei ganz hübsch. Dieser Name habe etwas mit dem Postwesen, also mit Kommunikation zu tun, und das passe zu mir. Ich habe nicht widersprochen. Erstens, weil mir egal war, was zu mir paßt oder nicht. Und zweitens, weil ich nicht heiraten wollte. Das hat Hubert zwar angenommen, daß ich das will, aber er hat sich geirrt.

Klara schaut in die Bäume. Außerdem hätte ich Maschanska geheißen als seine Frau, denkt sie. Eine Apfelsorte heißt so. Aber ob es deshalb eine große Verbesserung gewesen wäre? Wenn ich Hubert Maschanska geheiratet und mich Klara Marianna Maschanska hätte nennen können? Was für eine Kaskade von A. Zu viele A in einem einzigen Namen. Aber das war nicht der Grund, warum ich Hubert nicht geheiratet habe. Der Grund war, daß ich ihn nicht verlieren wollte. Und dann habe ich ihn doch verloren. Verlust läßt sich eben nicht aufhalten.

»Wollen Sie draußen essen, Klara?« schreit Frau Hausinger.

»Klaaar!« schreit Klara. Jeden Tag diese Frage, denkt sie. Jetzt sitze ich seit drei Jahren auf dieser Veranda und will jeden Tag hier draußen essen, und immer wieder wollen sie's nicht glauben. Drei Jahre, genau! Ich rechne ja nie nach, aber es ist so. Ich war sechzig, als ich den Schlaganfall hatte, das steht fest. Und heute werde ich dreiundsechzig. Also sitze ich seit drei Jahren auf dieser Veranda. Natürlich nicht durchgehend. Nachts liege ich natürlich in meinem Bett, man hat es mir im Zimmer nebenan aufgestellt, das war früher das Eßzimmer. Und manchmal führen sie mich im Rollstuhl herum. Aber nur selten, weil ich es meist nicht will. Ich bleibe einfach gern hier auf der Veranda.

Man hört Frau Hausingers Schritte, die sich nähern. Auf den Steinfliesen im Gang sind alle Schritte sehr genau zu hören, denkt Klara. Ich kenne mittlerweile die Schritte der Menschen, die zu mir kommen, auf Anhieb auseinander. Vor allem die eine lockere Fliese gibt Auskunft. Ob jemand auf sie tritt oder nicht. Ob sie klirrt. Und wenn, ob sie leise klirrt oder heftig. Das erzählt mir, wessen Schritte sich nähern. Frau Hausinger zum Beispiel tritt nie auf die lockere Fliese.

Frau Hausinger betritt die Veranda. Sie trägt ein Tablett, auf dem Klaras Mittagessen angerichtet ist.

»Die Suppe ist noch sehr heiß«, sagt sie und stellt das Tablett vorsichtig auf dem Tisch neben Klaras Rollstuhl ab.

»Ich bin kein Baby«, sagt Klara.

»Hab ich nie behauptet«, sagt Frau Hausinger.

»Ich sitze nur im Rollstuhl. Nicht in einem Kinderwagen.«

»Mir klar.«

Frau Hausinger ist kaum älter als Klara. Ihr Gesicht ist rosig, sie hat einen großen Busen und stämmige Beine. Mit geschickten Bewegungen nimmt sie Teller, Schüsseln und das Besteck vom Tablett und ordnet alles auf dem Tisch an. Dabei redet sie weiter.

»Sie sollten nicht so empfindlich sein, Klara. Ich würde jeden, dem ich Suppe serviere, davor warnen, daß sie zu heiß ist, wenn sie zu heiß ist. Aber Sie sollten sich auch manchmal aus dieser Veranda herausbewegen. Heute zum Beispiel. Heute haben Sie Geburtstag. Soll ich nicht nachmittags den Tisch im Salon decken?«

»Nein«, sagt Klara.

»Warum nicht?«

»Wer mich besuchen will, kann mich hier auf der Veranda besuchen.«

»Aber der Salon ist so hübsch!«

»Wer in den Salon will, soll in den Salon gehen.«

»Sie sind starrköpfig, Klara.«

»Nein, Frau Hausinger. Ich lebe hier draußen.«

»Ist das ein Leben? Nur hier draußen?«

Klara wendet ihr Gesicht Frau Hausinger zu, die an ihren Rollstuhl getreten ist und ihn an den Tisch schieben möchte.

»Ist das ein Leben, nur in diesem Haus? Ist das ein Leben, nur in dieser Gasse? Ist das ein Leben, nur in dieser Stadt? Ist das ein Leben, nur in diesem Land? Ist das ein Leben, nur auf dieser Welt?«

»Besser, Sie würden sich nicht aufregen«, sagt Frau Hausinger.

»Ich rege mich nicht auf«, sagt Klara, »ich habe nur versucht, etwas klarzustellen.«

Jetzt seufzt Frau Hausinger leise und schiebt Klaras Rollstuhl an den Tisch.

»Könnte ich ja selbst machen«, sagt Klara.

»Mach ich aber gern. Guten Appetit.«

Frau Hausinger geht in die Küche zurück und tritt dabei wieder nicht auf die kaputte Steinfliese. Warum bin ich so gereizt? denkt Klara. Gerade bei ihr, bei dieser netten Frau, die mir hilft. Aber mich reizen diese ständigen Aufforderungen zu leben. Wenn man um mich herum so tut, als würde ich nicht leben. Als hätte ich nur früher gelebt, als ich noch herumlaufen konnte. Als wäre Herumlaufen Leben.

Klara beginnt die Suppe zu löffeln. Oder das, denkt sie. Die Suppe auslöffeln zu müssen. Als wäre das das Leben. Jeder Tag ein neuer Teller Suppe, den man auslöffeln muß. »Schmeckt gut, die Spargelcremesuppe!« schreit Klara.

»Fein! Freut mich!« schreit Frau Hausinger aus der Küche zurück.

Ein Windstoß fährt in die Bäume, das Laub bewegt sich und rauscht. Klara läßt den Suppenlöffel sinken und schaut hinaus. Ein Vogel schwirrt durch die Äste. Das ist Leben, denkt Klara, mehr als alles andere. Aber ich selber wollte es ja auch nicht wahrhaben. Früher einmal glaubte ich ja auch, unentwegt davonlaufen und meiner Sehnsucht folgen zu müssen. Meiner Sehnsucht, die ständig suchte und nichts fand. Ich wußte gar nicht, wonach ich mich sehnte. Ich sehnte mich einfach nur. Und übersah dabei, was mich umgab. Nicht alles natürlich. Meine Kinder sah ich immer, ich sah sie so gern an, und mit aller Liebe. Ich sah dieses alte Haus und fühlte auch dabei eine gewisse Liebe. Ich meinte Männern ins Herz schauen zu können und sie zu lieben, und vielleicht gab es auch immer wieder einen Hauch, einen Atem von Liebe. Aber meine Sehnsucht setzte sich über alles hinweg, nichts genügte ihr. Bis der Schlag mich traf. Bis ich geschlagen wurde. Niedergeschlagen. Fast getötet. Ja.

»Fertig?« ruft Frau Hausinger.

»Gleich!« ruft Klara und ißt langsam weiter.

Hubert wird heute sicher vorbeikommen, denkt sie. Er wird mich besorgt anschauen und fragen, was mein rechtes Bein macht. Es ist wie immer, werde ich ihm sagen, fast so lahm wie das linke, das ganz lahm ist und bleibt. Und dein linker Arm? wird er fragen, und ich werde sagen: Der bewegt sich wieder recht gut. Ein wenig schwächlich ist er, aber das schadet nichts, weil ich Rechtshänderin bin. Und Hubert wird seufzen und mich traurig anschauen. Ich werde ihn aufmuntern müssen. Hubert kann Leid nicht ertragen, und er glaubt ja, daß ich leide. Ich werde ihn fragen, was seine Gastritis macht, das wird ihn beleben. Er bedauert sich gern selbst. Sonst aber soll niemand zu bedauern sein, er möchte, daß es allen um ihn herum gutgeht. Er möchte keine Scherereien haben, und ich habe ihm eine Menge Scherereien gemacht. Immer sehe ich diesen Vorwurf in seinem Gesicht.

Frau Hausinger steht mit einer Platte Fleisch und Gemüse neben Klara und schüttelt den Kopf.

»Sie sollten beim Essen nicht immer nachdenken. Sie sollten ans Essen denken, wenn Sie essen.«

»Ach, Frau Hausinger«, sagt Klara, »lassen Sie doch wenigstens meine Gedanken wandern wohin sie wollen. Daß Sie mich herumschieben können, reicht.«

»So hab ich das nicht gemeint.« Frau Hausinger ist gekränkt und stellt die Platte auf den Tisch.

»Ich weiß«, sagt Klara, »Sie haben es nur gut gemeint. Die Suppe ist jetzt kalt.«

»Genau«, sagt Frau Hausinger pikiert und geht mit dem Suppenteller davon.

Scheiße, denkt Klara, warum war ich schon wieder so bissig? Die gute Frau tut, was sie kann. Es liegt wohl daran, daß ich mich bedienen lassen muß. Aber jetzt werde ich brav sein und rasch aufessen.

Der Wind in den Bäumen ist heftiger geworden, die Laubhügel sind in Bewegung. Klara schaut hinaus, während sie abwechselnd ein Stück Fleisch oder eine Gabel voll Gemüse in den Mund schiebt. Ob ein Gewitter kommt? denkt sie. Vielleicht bin ich deshalb gereizt. Oder macht es mich nervös, Geburtstag zu haben? Ich kann es nicht leiden, wenn man ein Datum feiert. Wenn man die Zeit zerkleinert, in Stücke schneidet wie ich das Fleisch da vor mir. Was besagen die Daten und Zeiteinteilungen denn schon. Zahlen! Was bedeuten schon Zahlen. Mir haben sie noch nie etwas bedeutet.

Das Mobiltelephon läutet. Es liegt auf dem Tisch, Klara muß nur Messer und Gabel beiseitelegen und die Hand danach ausstrecken. Sie drückt auf die Taste und hält das Telephon ans Ohr.

»Ja?«

Es ist ihre Schwiegertochter, die sich meldet. »Hallo, Clarissa«, sagt Klara, »was gibt's denn?«

Wieviel erstauntes Auflachen, als sich herausgestellt hat, daß meine Schwiegertochter Clarissa heißt, denkt Klara. Ich selbst habe auch gelacht, als mein Sohn angefangen hat, sie als seine feste Freundin nach Hause mitzubringen. Ich kann nichts dafür, daß sie so heißt, hat er gebrummt. Er ist immer mürrischer geworden, je öfter ihr Name kommentiert worden ist. Jetzt stößt sich kein Mensch mehr daran. Clarissa heißt eben Clarissa, ich heiße Klara, und Schluß. Sie klingt nicht gut am Telephon, muß ich sagen. Ihre Stimme ist viel zu hell, sie muß aufgeregt sein.

»Komm lieber zu mir«, sagt Klara ins Telephon, »ich kann immer besser mit jemandem reden, wenn ich ihn sehe. Und vor allem kann ich dann besser zuhören.«

Ja, eigentlich führe ich nie ein Gespräch am Telephon, denkt Klara. Vor allem, seit Hubert und ich gezwungen waren, das Sterben unserer Liebe telephonisch auszutragen.

»Ja«, sagt Klara, »komm ruhig so schnell du kannst, Clarissa. Aber fahr trotzdem nicht wie eine Wilde. Ja, ich hab schon gegessen. Jetzt vergiß bitte diesen blöden Geburtstag! Bis gleich.«

Klara stellt das Telephon ab, legt es auf den Tisch zurück und schaut wieder in die windbewegten Bäume hinaus. Das war etwas, unsere Telephoniererei, denkt Klara. Telephonische Agonien waren das. Ich schweißnaß und tränenüberströmt. Ob es Hubert am anderen Ende der Leitung auch so ging, weiß ich nicht, aber gebrüllt und geschrieen hat er wie ich. Geklungen hat es schon so, als würde auch er weinen. Ein-, zweimal schon, glaube ich. Da hat er wirklich aufgeheult. Er war ja ebenso fassungslos darüber, daß er mich nicht mehr lieben konnte, wie ich, daß er mich nicht mehr liebte. Und alles am Telephon, weil Hubert in Hamburg bleiben mußte. Oder bleiben wollte. Und nicht wollte, daß ich nach Hamburg kam, klarerweise. Hat viel Geld gekostet, diese telephonische Trennungsorgie. Und dann kam er wieder zurück, als wäre nichts geschehen. Aber ich wußte, was geschehen war, und hielt mich daran. Seither telephoniere ich ungern. Weil ich eben einmal am Telephon gestorben bin.

»Herr Maschanska hat bei mir drüben angerufen«, sagt Frau Hausinger, als sie die Veranda mit dem großen Tablett betritt. »Bei Ihnen war besetzt, und er hat es eilig gehabt.«

»Was hat er denn gewollt?« fragt Klara.

»Gratulieren. Er kommt gegen Abend vorbei.«

»Er wollte mir gratulieren?«

»Ja. Zum Geburtstag.«

»Ach so«, sagt Klara, »das ist was anderes.«

Frau Hausinger schaut Klara prüfend an.

»Sie sind heute unausstehlich«, sagt Frau Hausinger.

»Stimmt«, sagt Klara.

Frau Hausinger räumt jetzt alles Geschirr und Besteck auf das große Tablett.

»Viel war das nicht«, sagt sie, als sie den Teller hochhebt, der vor Klara steht.

»Genug«, sagt Klara.

»Sicher nicht«, sagt Frau Hausinger, »aber des Menschen Wille ist sein Himmelreich.« Sie hebt das

Tablett mit ihren kräftigen Armen hoch und trägt es davon. Ihre Schritte verklingen zur Küche hin.

Manchmal bin ich hungrig, denkt Klara. Manchmal freue ich mich aufs Essen, und Frau Hausinger kocht sehr gut. Aber manchmal weiß ich nicht, wozu ich essen soll. So, wie ich manchmal nicht weiß, wozu ich leben soll.

Als ob

Wiesen hatten ihr Kindsein bestimmt, wilde und dichte Wiesen, die der Fluß im Frühjahr überschwemmte. Aber immer erhoben sie sich aus dem braunen Schlamm, mit all ihren unverwüstlichen Gräsern, und wurden wieder grün. Nur im Winter glichen sie, wenn nicht Schnee sie bedeckte, einem hellgrauen Tierpelz, und manchmal waren die Kuhlen so vereist, das man drüberschlittern konnte.

Sie war neben dem großen Fluß aufgewachsen, in einem Randbezirk, den man über eine breite Brücke bequem erreichen konnte, der aber dennoch nicht zur Stadt zu gehören schien. »Wir fahren in die Stadt«, hatte ihre Mutter verkündet, wenn sie vorhatte, mit ihr über diese Brücke zu fahren, um etwas zu besichtigen oder etwas zu kaufen. Aber das war nicht oft der Fall. Vor allem gekauft wurde selten etwas, ihre Mutter arbeitete in einer Kleiderreinigung und verdiente wenig, und einen Vater gab es nicht. »Er lebt im Ausland«, antwortete die Mutter, als das Kind irgendwann begonnen hatte zu fragen. Und sie war nicht willens, dieser kategorisch kurzen Antwort irgend etwas hinzuzufügen, beim Thema Vater wurde sie undurchdringlich wie ein Stein. Also fragte Berenice schließlich auch nicht mehr nach ihm, wozu auch.

War es doch kinderleicht, sich einen Vater zu erschaffen. Einen, der nicht im Ausland lebte, sondern bei ihr, neben ihr, mit ihr. Was für einen Beruf er hatte, lag für Berenice klar auf der Hand. Natürlich war er Detektiv und in seinem Metier sehr erfolgreich. Und jeden Abend setzte er sich zu ihr ans Bett und erzählte von den Fällen, die tagsüber durch seine Hilfe gelöst worden waren, oder welche Spur er zur Zeit verfolgte, um ein grausiges Verbrechen aufzuklären. Manchmal bat sie ihn sogar lachend, doch bitte mit seinen Geschichten aufzuhören, die würden sie sonst bis in den Schlaf verfolgen. Dann lachte er auch, sagte: »Das wäre aber wirklich nicht gut, mein Schatz«, beugte sich über sie und küßte sie auf beide Wangen. Die seinen waren ein wenig unrasiert und rochen gut. Er hatte Augen, die so dunkel waren wie blaue Tinte. Sie schlief immer sehr rasch ein, nachdem er sie geküßt, »Gute Nacht, Berenice« gesagt und das Licht abgedreht hatte. Groß, mit stattlichen Schultern, verließ er ihr Zimmer, und sie rief ihm schläfrig hinterher: »Gute Nacht, Vati.« Wenn ihre Mutter vom Nebenzimmer her fragte, was los sei, schlief Berenice bereits und gab keine Antwort mehr.

In der Schule erzählte sie von ihrem Vater, und sein aufregender Beruf wurde bewundert. Sie mußte alle seine Detektivgeschichten nacherzählen, die Schülerinnen aus ihrer Klasse, und bald auch welche aus anderen Jahrgängen, warteten begierig darauf und konnten nicht genug davon bekommen. In jeder Pause umstand sie eine Horde Mädchen, die selbstvergessen ihre Brote kauten und vor Aufmerksamkeit glasige Augen bekamen. Berenice erzählte flüssig, in ordentlich gebauten Sätzen, wie sie es von den Schulaufsätzen her gewohnt war, die sie immer gerne schrieb. Und immer hatte sie sich Vatis Erlebnisse gut und bis ins letzte Detail gemerkt. Manchmal jedoch schmückte sie ein wenig aus, was er ihr am Abend davor erzählt hatte. Sie wußte, daß ihm das nichts ausmachte. Im Gegenteil, sie glaubte, daß er dann stolz auf sie war, weil sie seine Geschichten bereicherte. Ihr gefiel nämlich, wenn das Geschehen, das zum Mord führen würde, sich eine Weile hinzog, sie schilderte gern ausführlich die Lebensumstände von Mörder und Opfer, wie sie langsam, aber unaufhaltsam aufeinander zutrieben. Und wenn gar nur ein simpler Ehebruch zu schildern war, den Vati mit links aufgedeckt hatte, dann war sie in ihrem Element. Dann konnte sie von Eifersucht, Untreue und Liebe erzählen, und das tat sie am liebsten.

Als sie größer wurde, nannte sie Vati übrigens nicht mehr Vati, sondern beim Vornamen. Er hieß Michel, französisch ausgesprochen natürlich, weil er ja von Geburt Franzose war. Nicht umsonst hieß sie selbst Berenice, wem anders als ihm wäre dieser Name schon eingefallen!

»Flunkerst du nicht ein bißchen zu viel, Berenice?«

Nur einmal hatte Michel sie das zu ihrem Erstaunen vor dem Gutenachtkuß lächelnd gefragt. Es war ein sehr warmer Frühlingstag gewesen, und sie hatte nach der Schule, neben den Haselsträuchern im Schulhof, in der weichen Spätnachmittagsluft, den sehnsüchtig lauschenden Mädchen ein paar Geschichten erzählt, die sie nicht von ihrem Vater übernommen hatte, sondern an Ort und Stelle erfand.

»Was ist das, flunkern?« fragte sie zurück.

Da schwieg er. Nach einer Weile strich er ihr über das Haar, sah ihr sanft und tief in die Augen und sagte: »Du hast recht, Berenice, was ist das?«

An der Tür wandte er sich um und lächelte sie noch einmal an. Im Licht der Nachttischlampe sah sein Gesicht besonders schön aus, goldfarben wie das eines Engels, und Berenice war in diesem Augenblick auch überirdisch stolz auf ihren Vater. Wie gut, daß sie ihn hatte und nicht nur jeden Abend an der Seite ihrer gähnenden, Kartoffelchips essenden Mutter vor dem Fernsehapparat sitzen mußte. Berenice räkelte sich wohlig in ihrem Bett, ehe der Schlaf sie überkam.

Sie liebte es, einzuschlafen, weil sie sich auf die Träume freute. Die hatten zwar stets ein klein wenig mit dem zu tun, was der wache Tag ihr berichtet hatte, aber meist geriet sie träumend in seltsam andere Welten, die nicht der Welt entsprachen, in der sie lebte. Zwar lieferten das Erdenleben und die Erdenbewohner, so wie sie waren, reichlich Stoff für Geschichten. Aber die Geschehnisse des Traums boten einem natürlich ganz andere Bilder. Wenn man zum Beispiel fliegend eine Wiese aus Orchideen überqueren, auf den Grund eines violetten Teiches tauchen oder aus den Wolken herab brandrote Hügel überschauen konnte. Und Michel war ihr überhaupt nicht böse, weil sie die Träume noch mehr zu schätzen schien als seine oftmals allzu menschlichen Geschichten.

»Laß dir nur von beidem erzählen«, sagte er, »vom Leben und vom Traum.«

»Und wer hat recht?« fragte Berenice.

»Es geht nicht ums Rechthaben«, antwortete Michel, »nur um den Reichtum.«

Berenice lachte. »Als ob wir reich wären!«

»Ja, als ob wir reich wären«, antwortete Michel sehr ernst.

»Worüber hast du gelacht?« rief die Mutter aus dem Nebenzimmer. Als Berenice keine Antwort gab, trat sie in die geöffnete Tür und starrte ihre Tochter an, die am Tisch ihres kleinen Zimmers über den Hausaufgaben saß und nicht einmal den Kopf hob. Die Mutter seufzte auf.

»Tu doch nicht immer so als ob, ich weiß doch, daß du andauernd Selbstgespräche führst.«

Jetzt sah Berenice von ihren Heften auf.

»Ich übe«, sagte sie.

»Was übst du?«

»Texte. Ich werde Schauspielerin.«

»Seit wann?« rief die Mutter erschrocken.

»Seit eben«, antwortete Berenice.

»Ach so ist das.« Ida, ihre Mutter, schüttelte müde den Kopf und wandte sich zum Gehen. »Wieder eine deiner verrückten Ideen, die du mir nur servierst, um von deinen Selbstgesprächen abzulenken und um mich zu ärgern.«

»Nein, Ida, ich werde Schauspielerin!« rief Berenice ihr nach. »Verlaß dich drauf!«

»Nenne mich nicht Ida und komm zum Abendessen.«

Immer ist sie müde, dachte Berenice, man muß sie erschrecken, damit ein bißchen Leben in sie kommt. Aber die Idee ist gar nicht schlecht. Was meinst du, Michel? Soll ich Schauspielerin werden?

Ihr Vater saß ihr mit aufgestützten Armen gegenüber und betrachtete sie prüfend.

»Das könnte klappen«, sagte er, »du bist weder zu klein noch zu groß, weder zu dick noch zu dünn, hast ein hübsches Gesicht –«

»Hab ich wirklich ein hübsches Gesicht?« fragte Berenice begierig.

»Hübsch genug«, antwortete er.

»Was heißt hübsch genug?«

Zum ersten Mal hatte Michel sie ein wenig gekränkt. Er lächelte auf seine besondere Weise und strich ihr über die Wange.

»Als Schauspielerin mußt du viele Gesichter haben können«, sagte er dann, »deshalb darf dein eigenes nicht zu eigenwillig sein. Damit du schön und häßlich sein kannst, je nachdem. Die Vorlage muß gut sein. Und dein Gesicht ist eine gute Vorlage, du kannst alles darauf unterbringen. Ja, es könnte gehen.«

»Kann ich als Schauspielerin in den Geschichten sein? Innen drin?«

»Ja«, sagte Michel, »so, als ob du in ihnen leben würdest.«

»Dann werde ich Schauspielerin.«

Berenice küßte ihren Vater auf beide Wangen. Er roch angenehm, und seine Bartstoppeln kribbelten ein wenig auf ihren Lippen. Sie sah ihn liebevoll an und ging dann zum Abendessen in die Küche. Es gab Krautrouladen, und die rochen schlecht.

»Ich weiß, du magst keine Krautrouladen«, sagte Mutter Ida, »aber was sein muß, muß sein.«

»Warum müssen Krautrouladen sein?« fragte Berenice und setzte sich.

»Weil sie billig sind und ich mich daran gewöhnt habe«, sagte Ida und begann lustlos zu essen. Alles tut sie lustlos, dachte Berenice, weil sie nur tut, woran sie sich gewöhnt hat. So lebt man wohl das gewöhnliche Leben, lustlos und voller Gewohnheiten.

»Ich mich nicht«, sagte sie.

»Was? Du wirst die Krautrouladen schön essen, es gibt nichts anderes.«

Berenice stach mit ihrer Gabel in eine der Rouladen, als wolle sie das Gewöhnliche schlechthin durchbohren. Schließlich aß sie alles auf, der Mutter zuliebe. Aber erst, als auf ihrem Teller mit feinem Ragout gefüllte Crêpes lagen, ein typisch französisches Gericht und Michels Lieblingsspeise. Sie würde ihm berichten, wie gut ihr diese Crêpes geschmeckt hätten.

»Hat's dir etwa geschmeckt?« fragte Ida erstaunt, als sie den leeren Teller sah.

»Si, très bon«, antwortete Berenice.

»Gut hätte genügt.« Ida seufzte und begann den Tisch abzuräumen. »Wir sind hier nicht in Frankreich.«

Warum eigentlich nicht? dachte Berenice.

Auf den Wiesen am Fluß wehte der Wind und wiegte das Gras. In diesem Sommer stand es besonders hoch, es reichte ihr bis zur Hüfte, denn kein Hochwasser und Schlamm hatte die blühenden Halme bedrängt. Berenice ließ ihre Hände drüber hinweggleiten, während sie durch die Wiese zum Flußufer ging. Dort setzte sie sich auf die Ufersteine, sah zur großen, mehrspurigen Brücke hin, über die Kolonnen von Autos fuhren, und betrachtete die abendliche Silhouette der großen Stadt mit ihren Türmen und Hochhäusern. In letzter Zeit war so viel gebaut worden, daß sogar ihre Mutter von einer »skyline« sprach, die man über den Fluß hinweg sehen könne. Sie sprach in abfälligem Ton darüber. »Schrecklich, diese Skyline«, sagte sie immer wieder, als würde dadurch ihr Blick auf etwas gestört, das sie einst geliebt hatte. Aber Ida hatte die Stadt nie geliebt. Als Kind hatte Berenice stets das Gefühl gehabt, die Mutter zerre sie durch ein bedrohliches Minenfeld, wenn sie, von ihrer Hand umklammert, breite Einkaufsstraßen oder die engen Gassen des Zentrums durcheilen mußte. Sie fühlte Angstschweiß und eine mühsam zurückgehaltene Panik im harten Zugriff der mütterlichen Hand, und wenn die U-Bahn sie wieder nahe der eigenen Wohnung bei den häßlichen, aber ruhigen Vorstadtstraßen ausspuckte, stieß die Mutter einen Seufzer aus, als entledigte sie sich einer schweren Last. »Wieder zu Hause, Gott sei Dank«, pflegte die Mutter dann zu sagen, ihr Schritt wurde ruhig, und sie ließ Berenice neben sich herlaufen wie einen Hund, den man von der Leine läßt, sobald ihm keine Gefahr mehr droht.

Die Arbeitsstätte der Mutter und Berenices Schule waren von der Wohnung aus in ein paar Minuten zu Fuß erreichbar. Gleich gegenüber aber, vom Wohnzimmerfenster aus zu sehen, jenseits der ruhigen, kaum befahrenen Straße, an der sie wohnten, begann unbebautes Gebiet, begannen die Flußwiesen. Diese Wiesen hatten all ihre Kinderspiele und Mädchengedanken bestimmt und Berenice eine Welt geschenkt, die ganz ihr gehörte. Ihr und Michel natürlich, denn der Vater streifte dort gern mit ihr umher. Zu allen Jahreszeiten und an jedem Tag hatte diese Weite aus

Gras und Erdreich eine andere Färbung, einen anderen Geruch. Sie konnte sich um einen ausbreiten wie verwüstetes Brachland oder üppig aufblühen. Es gab dort Vertiefungen, die manchmal zu Schlammlöchern wurden und die manchmal ein gelber Teppich aus Dotterblumen bedeckte. Man konnte im Winter auf Eiskrusten fast bis an den Fluß schlittern oder an einem heißen Sommernachmittag im Schatten dichter, hoher Grashalme ein ganzes Buch zu Ende lesen. Anfangs war es Vati gewesen, der auf sie aufgepaßt, sie vor sumpfigen oder allzu eisigen Stellen gewarnt hatte. An seiner Hand war es ein leichtes, bis zum Fluß zu laufen, und nie hielt er sie fest wie die Mutter, fest wie ein Schraubstock. Nein, nur leicht umschlossen seine großen Finger ihre kleine Hand. Er geleitete und führte sie zwar, aber immer war ihr, als geschähe alles so, wie sie selbst es wollte. Als aus Vati Michel geworden war, gingen oder liefen sie nebeneinander her, lagen faul im Gras, kitzelten einander mit Halmen, lachten, balgten sich oder saßen still am Flußufer und schauten in die Strömung.

Der Himmel glühte an diesem Abend hinter der Stadt, aus der all die künstlichen Lichter der Nacht bereits hervorgebrochen waren. Das Wasser gurgelte sanft an den Ufersteinen vorbei, und Berenice mußte einen tiefen, sehnsüchtigen Seufzer ausstoßen.

»Was drückt dich denn so?« Michel, der neben ihr saß, wandte ihr den Kopf zu und sah sie an.

»Ich möchte drüben sein«, sagte Berenice, »über dem Fluß, dort, wo die Theater sind.«

»Das kommt schon«, sagte der Vater, »eines Tages wirst du dort sein.«

»Wann eines Tages?«

»Dann, wenn die Zeit reif ist.«

Berenice kannte diese Sätze Michels, mit denen sie nichts anzufangen wußte, obwohl sie fühlte, daß er etwas Richtiges sagte, etwas, woran sie sich halten sollte.

»Also gut«, sagte sie. »Hoffentlich erkenne ich die reife Zeit dann auch.«

»Wirst du.«

Als Michel durch das wehende Gras davonging, hielt sie ihn nicht zurück. Sie wußte, er hatte zu tun. Ein Gastwirt hatte seine Ehefrau erstochen und die Tat dem Kellner zugeschoben, und Michel war gerade dabei, die Beweislage für diesen armen unschuldigen Burschen zu klären. Berenice blieb am Fluß sitzen, bis der Abendhimmel verglommen war und Dunkelheit sie umgab. Aber drüben leuchtete die Großstadt und warf Lichtbahnen über das strömende Wasser. Außerdem kannte Berenice ihre Wiesen auch mit geschlossenen Augen, jede Unebenheit, jeden kleinen Hügel, jeden Graben.

Zu Hause schrie Ida sie aufgeregt an.

»Wie kannst du nur so lange –«

»Ich bin noch immer zurückgekommen«, unterbrach Berenice sie rasch.

»Als ob mir das was nützen würde, wenn ich mich um dich ängstige«, sagte die Mutter jetzt leiser, aber sie atmete immer noch schwer, als sie Schinkenbrote und ein Glas Milch vor sie hinstellte. Dann saß sie ihr gegenüber, die gefalteten Hände auf dem Tisch, und sah Berenice beim Essen zu. »Du weißt, daß ich nur dich habe«, flüsterte sie nach einer Weile.

»Aber ich werde weggehen«, antwortete Berenice, »bald.«

»Nicht bald, meine Liebe, vielleicht später einmal«, sagte Ida, jetzt wieder in normaler Lautstärke, und richtete sich auf. »Jetzt gehst du zur Schule und sonst nichts.«

Sie stand auf und drehte den Fernsehapparat an. Dann setzte sie sich auf das verschlissene Sofa, eine Tüte Kartoffelchips auf den Knien, und begann sich in den wechselnden Bildern zu verlieren. Langsam schob sie sich eine Kartoffelscheibe nach der anderen in den leicht geöffneten Mund und zermalmte sie krachend. Jetzt hat sie mich vergessen, dachte Berenice. Jetzt besteht sie nur aus Kauen und Glotzen. Sobald sie mich in der Wohnung weiß, vergißt sie mich. Nur da soll ich sein, nur in ihrer Nähe, darum geht es.

»Wird sie mich jemals loslassen?« fragte sie Michel, als er spät noch an ihr Bett kam, ihr übers Haar strich und sich zu ihr setzte.

»Wer denn?«

Er schien ein wenig unaufmerksam zu sein, vielleicht hatte er die Unschuld des Kellners immer noch nicht beweisen können.

»Ida. Meine Mutter«, antwortete Berenice.

»Ach so, deine Mutter.« Michel sah sinnend vor sich hin. »Freiwillig wohl nicht«, sagte er dann. »Du wirst sie verlassen müssen, dann kann sie nicht anders.«

»Blöd, daß wir immer so vieles müssen, mir wäre lieber, wir könnten einfach alles.«

Ihr Vater Michel lachte auf, als hätte sie ihm einen guten Witz erzählt.

»Tja, so ist das«, sagte er dann, wieder ernst geworden, »aber was wir immer können, ist so zu tun als ob.«

»Als ob?«

»Als ob wir's könnten.«

Die Nachttischlampe leuchtete, und sie sahen einander an.

»Das merk ich mir«, sagte Berenice.

»Was merkst du dir?« rief Ida herüber. Das stetige Geräusch des dahinlaufenden Fernsehprogramms war kurz verstummt, jetzt setzte es wieder ein. »He! Was merkst du dir?« schrie Ida nochmals, aber Berenice antwortete nicht. Du wirst schon merken, was ich mir gemerkt habe, dachte sie und drehte ihre Nachttischlampe ab, ohne in dem aufgeschlagenen Buch, das daneben lag, weitergelesen zu haben. Sie fühlte bereits den Traum, der über sie kommen würde, er berührte sie mit seiner taubenblauen Schwinge, sie würden weit fliegen miteinander, das wußte sie. Und sie ließ sich fallen.

Berenice hatte gehofft, daß ihre Mutter sie nach der Volksschule in ein Gymnasium jenseits der Brücke schicken würde, in eines mitten in der Stadt, nicht hier im Vorort. Aber leider gab es ganz in der Nähe dieses riesige dunkelgraue Gebäude, ein altmodischer Kasten mit vier von hellgrünem Blech bedeckten Türmchen, der, einst wohl als kühner Vorstoß im Dienste der Volksbildung errichtet, seit Jahrzehnten den Heranwachsenden aus den umliegenden ländlichen Gebieten als »höhere Schule« zur Verfügung stand, ein Trakt für Buben, einer für Mädchen. »Ist doch praktisch«, hatte Ida gesagt, »du hast nicht weit zu gehen und lernst genausoviel wie anderswo.«

»Und bleibst schön in meiner Nähe«, hatte Berenice grollend hinzugefügt, sich aber nicht widersetzt. Ihr schien, sie müsse sich der Mutter in diesem Punkt fügen, um deren übrige Wünsche mißachten zu können. Wann immer es ging, lief sie über die Straße, überwand mit einem Sprung den kleinen Wall, der den Straßenrand säumte, und stürmte die Böschung hinunter, hinaus auf die Wiesen.

Dort erwartete sie Michel mit ausgebreiteten Armen, damit sie an sein Herz fliegen konnte. Ihr war, als liefe sie Ida davon, wenn sie auf ihn zulief, als müsse sie ihrer Mutter davonlaufen, um lebendig zu bleiben, denn deren dürres Leben berührte sie wie eine Ahnung vom Tod. Wenn sie und Michel nebeneinander im hohen Gras oder am Flußufer saßen, erzählte er ihr Geschichten, eine Fülle von Detektivgeschichten natürlich, aber mit der Zeit auch anderes, Erlebnisse aus seiner Jugend in Frankreich, Liebesgeschichten, die stürmisch verlaufen waren und dann oft traurig geendet hatten, oder er berichtete von abenteuerlichen Reisen, die ihn durch alle Erdteile geführt hatten. Er hatte so viel zu erzählen.

»Flunkerst du nicht ein bißchen zu viel, Michel?« fragte ihn Berenice einmal verschmitzt, und er lachte laut auf.

»Natürlich!« rief er dann. »Laß uns flunkern, daß die Sterne krachen!«

»Daß die Sterne krachen?« fragte Berenice verdutzt. »Seit wann krachen die Sterne?«

»Seit ich es sage!«

Ihr Vater war besonders gut gelaunt an diesem Tag. Er hob sie hoch und wirbelte sie durch die Luft, obwohl sie fast erwachsen war und ein großes, langbeiniges Mädchen. Dann fielen sie beide ins Gras, rollten einen flachen Hang abwärts, bis Huflattichblätter sie umgaben, kühl und schattenspendend. Langsam verebbte ihr Gelächter, und sie schliefen nebeneinander ein. Berenice träumte, daß sich die Wolken über dem Fluß ballten und verdichteten, dann langsam herabsanken und das strömende Wasser bedeckten. Es sah nicht aus wie die Eisfläche in besonders kalten Wintern, sondern eben wie eine Wolkendecke, die sich nicht mehr am Himmel, sondern zwischen den Flußufern ausbreitete. Berenice hob den Fuß und wollte ein wenig in den Wolken wühlen, aber als sie mit ihrem Schuh dagegenstieß, sank er nicht ein. Sie stieß gegen etwas Kompaktes. Also wagte sie es, die Wolkendecke zu betreten. Es war, als ginge man auf weichem Gummi, Berenice setzte einen Schritt vor den anderen, weiter und weiter, und überquerte so den ganzen Fluß, ohne auf die Brücke, die U-Bahn oder ein Auto angewiesen zu sein. Plötzlich befand sie sich inmitten des brodelnden Nachmittagsverkehrs der Stadt, schwebte aber gleichzeitig auch darüber hinweg. Sie bekam Angst. Wenn nun die herabgesunkene Wolkendecke unter ihren Füßen riß und sie zwischen all die Autos stürzte? Aber die Wolkendecke trug sie weiter durch die Straßen, dann hob sie sich plötzlich, und Berenice geriet höher und höher, bis sie die ganze Stadt unter sich liegen sah und auch den Fluß und ihre Wiesen, die von oben nur wie ein kleiner ausgesparter Flecken Grün wirkten, dicht an das blinkende Wasser geschmiegt. Sie wollte all das nicht verlassen und mit den Wolken davonfliegen, darum sprang sie, wie vom Sprungturm im Schwimmbad, in die Tiefe. Ehe sie unten aufschlug, erwachte sie. Michel lag nicht mehr neben ihr unter den Huflattichblättern. Berenice rappelte sich hoch und ging nach Hause.

»Wenn ich mit der Schule fertig bin«, sagte sie zu Ida, »werde ich drüben leben.«

»Wo drüben?«

»Drüben, über dem Fluß, mitten in der Stadt.«

»Ja, ja«, sagte die Mutter müde, »dann, ja.«

»Dann ist bald«, sagte Berenice und ging in ihr Zimmer.

Kein weiteres Wort fiel. Die Mutter schwieg, nur der Fernsehapparat lief weiter. Im Grunde blieb sie immer unbewegt, ja, Ida schien nichts zu hören und zu sehen, weil sie nie, bei nichts, wirklich hinsah und nie irgendwo wirklich zuhörte. Das wußte Berenice seit langem, seit ihrer frühesten Kindheit, sie hatte sich daran gewöhnt. Deshalb gab es keine Geschichten, keine Träume für Ida, alles floß an ihr vorbei, ohne eine Spur zu hinterlassen.

»Wieso stellst du dir nie etwas vor?« hatte Berenice ihre Mutter einmal gefragt.

Ida sah sie mit großen, trüben Augen an.

»Was – vor?« fragte sie.

»Nun ja – irgend etwas, das es für dich nicht gibt, oder überhaupt nicht gibt. Und dann stellst du es dir vor, so, als ob es da wäre. Und für eine Weile ist es dann auch da. Tust du das nie?«

Ida starrte Berenice an, als hätte sie chinesische Worte vernommen. »Was du so ausbrüten kannst«, sagte sie seufzend und wandte sich wieder ihrer Näharbeit zu.

Ja, ich brüte so manches aus, alles, was ich will, dachte Berenice, ich sitze über meinen Wundern wie ein fleißiges Huhn auf seinen Eiern. Die Vorstellung gefiel ihr, aber sie sprach nicht davon. Sinnlos, bei Ida irgend etwas aussprechen zu wollen. Dafür gab es Michel, der sie immer begleiten würde. Und sie, Berenice, würde bald drüben sein, auf der anderen Seite des Flusses, und mitten in der Stadt leben, bei den Theatern und bei den Schauspielern, egal, wie Ida das sah. Dann würde sie sich eben ihre Flußwiesen vorstellen müssen, sich vorstellen, über die Straße vor dem Haus und in diese hineinzulaufen, als ob sie wieder hier wäre, in der Vorstadt, und es wirklich täte. Sie würde die Wiesen ihrer Kindheit nie vermissen. Schauspieler leben ja im Erdachten, in den Geschichten und Worten, als ob sie sich wirklich darin befänden. Michel hat es ihr versichert, und wenn er sich einer Sache sicher ist, dann glaubt sie daran.

»Ich werde Schauspielerin«, sagte sie eines Tages während der Pause im Schulhof, als die Mädchen sich um sie drängten und eine neue Detektivgeschichte von ihr erwarteten.

»Waaas?« Man glotzte sie verblüfft an.

»Mein Vater hält mich für begabt«, fügte Berenice in aller Ruhe hinzu. Aber dieser Satz erntete erstaunlichen Widerstand. Wieso denn ihr Vater wissen könne, ob sie begabt sei? Er sei doch schließlich bei der Polizei und nicht am Theater, oder? Berenice fühlte bei den anderen Mädchen etwas wie Neid, als hegten diese insgeheim den gleichen Wunsch.

»Mein Vater schreibt Kriminalstücke fürs Theater.«

Der Satz flog Berenice lässig von den Lippen, und sie lauschte ihm hinterher. Aber war es denn nicht so? Das tat Michel eben auch, Theaterstücke schreiben, sie hatte es nur noch nie erwähnt. Ja, genau!

»Was, er schreibt auch für das Theater?« Die Mädchen starrten sie verdutzt an. »Dein Vater schreibt Theaterstücke? Er schreibt Krimis? Hat er überhaupt Zeit dazu, wenn er dauernd so viele Fälle aufklären muß?«

»Natürlich!« entgegnete sie. Kühn wie der Bug eines Schiffes durchschnitt sie die Wellen des Zweifels, die auf sie zurollten. »Was glaubt ihr, wie man auf seine Stücke wartet! Wenn er mal länger keines schreiben kann, ruft der Theaterdirektor ihn ununterbrochen an, ich weiß das! Er kennt sich aus am Theater, alles kennt er dort! Und die Schauspieler lieben ihn und seine Geschichten, und er ist ganz viel mit ihnen zusammen, sie gehen gemeinsam in Bars und so! Deshalb weiß er auch ganz genau, daß ich begabt bin und eine gute Schauspielerin werden kann.« Man schwieg. Sie hatte offenbar einigermaßen überzeugend gesprochen.

»Und außerdem bin ich hübsch genug.«

Sie mußte das hinzufügen, weil es doch laut Michel ein so wichtiger Aspekt war. Verblüfft starrten die Schülerinnen sie an, dann begannen sie zu lachen.

»Was heißt hübsch genug?«

Dieselbe Frage hatte sie, leicht gekränkt, dem Vater gestellt. Hier, aus dem Mund eines grinsenden Mädchens, klang sie höhnisch. Berenice hob den Kopf und blickte in die Runde.

»Als Schauspielerin mußt du viele Gesichter haben können, deshalb darf dein eigenes nicht zu eigenwillig sein«, entgegnete sie.

Man sah sie mit offenem Mund an.

»Ist das so?« fragte eine unschöne, blasse Schülerin zaghaft.

»Klar. Man muß schön und häßlich sein können, je nachdem. Die Vorlage muß gut sein, und mein Gesicht ist eine gute Vorlage. Seht ihr das nicht?«

Ein spöttisches Kichern wollte sich erheben. Da schnitt Berenice eine fürchterliche Grimasse. Sie legte alles, was sie an Ekel und Furcht kannte, sobald sie eine tote Maus oder ein verrecktes Kaninchen im Gras der Flußwiesen fand, in den Ausdruck ihres Gesichtes. Das Kichern erstarb, man sah sie erschrocken an. Eine Weile blieb sie selbst diesem Entsetzen ausgeliefert, das sie willentlich herbeigeführt hatte. Die anderen umstanden sie mit angehaltenem Atem. Berenice fühlte die Stille nahezu körperlich, als würde sie von diesem angstvollen Schweigen eingeschnürt.

Plötzlich aber konnte sie die Anspannung aus ihrem Gesicht tilgen, als wäre sie nie gewesen. Übergangslos lächelte sie die anderen an. Sie spürte, wie der Schrecken wich und daß ihr gelang, etwas aus sich hervorzuholen, das irgendwo in der Tiefe wohl in ihr verborgen lag. Schönheit. Ja, sie spürte ihr eigenes schönes Gesicht. Mit leuchtenden Augen, sie wußte, daß sie leuchteten, schaute sie die Mädchen rundum an und sagte, immer noch lächelnd: »Seht ihr jetzt, was ich gemeint habe?«

Das atemlose Staunen zerbrach, die Mädchen kreischten auf, einige applaudierten sogar, Stimmengewirr herrschte. »Wie machst du das?« »Sowas könnte ich nie herzeigen!« »Hat dir das dein Vater beigebracht?« Erregung schien die Mädchen erfaßt zu haben. Berenice aber wandte den Kopf und sah, wie sie es erwartet hatte, Michel drüben am Zaun lehnen. Obwohl die Haselsträucher ihn teilweise verdeckten, konnte sie das dunkle Tintenblau seiner Augen erkennen und daß sie leuchteten wie ihre eigenen. »Gut gemacht!« rief er ihr zu und hob lächelnd die Hand. Da winkte sie froh zurück. Es war eine kaum sichtbare, kleine Gebärde, aber die mußte sein.

Die Nachricht, daß Berenice fähig war, blitzschnell ihr Gesicht zu verändern und sich auf diese Weise in eine völlig andere Persönlichkeit zu verwandeln, erreichte rasch auch die Lehrer und den Bubentrakt.

»Berenice, unsere Schauspielerin«, wurde sie von nun an genannt. Im Unterricht holte der Mathematiklehrer sie plötzlich maliziös an die Tafel. »Wie wär's, wenn Berenice, unsere Schauspielerin, jetzt mal zeigen würde, ob sie nicht nur vom Darstellen, sondern auch von darstellender Geometrie etwas versteht?« Und wenn nach Schulschluß auf der Haupttreppe die heimwärts strömenden Schüler zusammentrafen, rempelte sie immer wieder mal ein Bub an, rief: »He, du, Berenice! Du bist doch Berenice, die Schauspielerin?!« und rannte dann blöd lachend weiter. Derlei ließ Berenice mit unbewegter Miene über sich ergehen. Daß sie Aufmerksamkeit erregte, machte sie unbändig stolz, schenkte ihr jedoch auch eine königliche Gelassenheit.

Sie begann, Michels Geschichten und ihre eigenen als Rollenspiel anzulegen. Sie erzählte nicht mehr nur, sondern spielte die verschiedenen handelnden Personen. Da unterhielt sich zum Beispiel ein dicker, bleicher Mann, Besitzer einer Musikalienhandlung, mit einer jungen Geigerin, die bei ihm neue Saiten für ihre Violine kaufte und die er kurz darauf schänden und ermorden würde. Berenice vermochte in diesem Gespräch beide Personen plastisch darzustellen, den fetten Kerl mit seiner trägen, schleimigen Stimme und das schmale Mädchen mit der Geige im Arm, das arglos freundlich aufblickte und hell auflachte, wenn der Musikalienhändler sie scheinbar neckte. Angstvoll folgten die Zuhörerinnen dem Geschehen, mit angehaltenem Atem, die Arme schaudernd um sich geschlungen. Berenice ließ sie völlig vergessen, daß nur sie hinter all dem stand, Berenice in ihrer unscheinbaren Schulkleidung, mit ihrem harmlosen jungen Gesicht, ihrer hochaufgeschossenen, mageren Figur, hübsch genug, nicht mehr. Wenn sie ihre Geschichte zu Ende gespielt hatte, die Aufschreie des Entsetzens verklangen und die Spannung sich löste, befiel Berenice eine tiefe, aber wohlige Müdigkeit.

Ob sie nicht ein Stück ihres Vaters hier an der Schule inszenieren wolle, fragte der Direktor sie eines Tages. Er hatte sie zu sich bitten lassen, und sie saß ihm an seinem großen Schreibtisch gegenüber. Das Direktionszimmer war in sanftes Halbdunkel getaucht, der Winternachmittag dämmerte bereits vor den Fenstern, nur eine Schreibtischlampe mit gelbem Glasschirm beleuchtete die Gesichter. Er habe gehört, daß ihr Vater Theaterschriftsteller sei, das stimme doch, oder?

Der Direktor war ein dunkelhaariger, schlanker Mann um die vierzig, und Berenice sah seine Augen fragend auf sich gerichtet. Da nickte sie.

»Und wo werden seine Stücke aufgeführt? An welchem Theater?«

Berenice sah es vor sich, dieses Theater, aber der Name fiel ihr nicht ein. »Am – wie heißt es nur schnell –«

Da unterbrach der Direktor sie schon.

»Ist ja egal, ich komme selbst so selten ins Theater, daß ich die meisten Bühnen drüben ohnehin nicht kenne.« Er seufzte auf. »Das ist der Fluch der Vorstadt.«

Er starrte vor sich hin, als befände er sich plötzlich allein im Zimmer. Er wäre wohl genauso gern drüben in der Stadt wie ich, dachte Berenice. Wir haben die gleiche Sehnsucht, der Schuldirektor und ich, wer hätte das gedacht.

»Stellen Sie sich ein Kriminalstück vor?« fragte sie. »Oder ein psychologisches Drama?«

»Nun ja –« Überrascht, Berenice noch vor sich zu haben, blickte der Direktor auf. »Es sollte wohl weder zu blutrünstig noch zu tragisch sein, etwas, wobei sich die Schüler wohl fühlen können, wenn sie es erarbeiten, irgendeine heitere Sache vielleicht? Ist dein Vater auch für so etwas zuständig?«

»Aber natürlich!« rief Berenice aus. »Er ist sehr humorvoll! Es gibt da eine lustige Detektivgeschichte, bei der es nur um einen Seitensprung geht –«

»Aber nichts Obszönes, hoffe ich?«

»Nein, nein«, beruhigte Berenice, »nur eine Verwirrung der Gefühle, Herr Direktor, und was diese Verwirrung mit Menschen so anstellen kann. Eine wirklich heitere Sache.«

»Können wir das in der Faschingszeit aufführen?«

»Genau das Richtige für die Faschingszeit!«

Der Direktor lächelte sie an.

»Also gut. Laß mich das Stück bald lesen, und suche dir eine Besetzung aus. Du wirst schon herausfinden, wer von den älteren Schülern begabt genug ist, mitzumachen, nicht wahr?«

»Aber sicher, Herr Direktor, ich habe schon einige im Auge!«

»Wunderbar.«

Als Berenice nach einem freundlichen Händedruck des Direktors draußen allein auf dem Gang stand, trat sie an eines der hohen Fenster und starrte auf den schmutzigen Schneematsch des Schulhofs hinunter. Die Haselsträucher, nackt und blattlos, neigten sich im kalten Winterwind, und von Michel war weit und breit nichts zu sehen. Wie heißt das Stück noch? fragte sich Berenice. Nicht »Verwirrung der Gefühle«, eher »Das Gift der Gefühle« oder »Cocktail der Gefühle«. Sie würde Michel am Abend fragen, wenn er an ihr Bett käme. Oder vielleicht wanderte er jetzt auf den winterlichen Flußwiesen, wo der Schnee auf dem Wintergras noch eine weiße, reine Fläche bildete. Ich werde dorthin laufen, dachte Berenice. Gleich nach Schulschluß laufe ich dorthin.

Dünne, wäßrige Eisschollen trieben über das bleigraue Wasser, als Berenice am Ufer stand und zur Stadt hinüberblickte. Sie war im Nachmittagsdämmer bereits hell erleuchtet, aber ein dünner Schneeschleier verwischte ihre Konturen. Die geometrischen Gebirge aus Stein, Beton und Licht glichen einer zarten Tuschezeichnung. Ein kalter Wind blies Berenice vom Fluß her über das Gesicht, sie war die einzige menschliche Gestalt hier am Ufer. Sogleich fiel ihr die Geschichte dazu ein. Als ob ich mich im eisigen Wasser würde ertränken wollen, dachte sie. Das junge Mädchen im schäbigen Wintermantel steht auf vereisten Steinen über dem Fluß und weiß, daß es niemals wird hinübergelangen können, dorthin, wo es Lichter, Wärme, die Welt gibt. Es gleitet auf dem Eis aus, wehrt sich nicht gegen den Sturz ins Wasser, erfriert und ertrinkt. Es treibt dahin, der vollgesogene Mantel zerrt es in die Tiefe, Eisschollen zersplittern am Gesicht, immer dunkler wird die Strömung, die junge, schutzlose Gestalt löst sich mehr und mehr auf, das helle lange Haar schwebt als Fragezeichen unter den Wellen, dann hat der Fluß sie verschlungen.

Der Vater kam auch abends nicht an ihr Bett. Viel zu lange hatte sie draußen auf den Wiesen nach ihm gesucht und war erst heimgekehrt, als es bereits stockdunkel war. »Du bist ja völlig blaugefroren«, schalt Ida. »Mußte es wieder so spät werden?« Berenice antwortete nicht, so ließ sich ein sinnloser Wortwechsel am besten vermeiden. Schweigend aß sie zu Abend und ging bald zu Bett. Sie hatte so vieles mit Michel zu bereden.

Aber er kam nicht.

Algier

Als sie davonstürzte, vermeinte sie im Halbdunkel des Zimmers wahrzunehmen, daß die Gesichter der anderen sich ihr zuwandten, daß man ihr hinterhersah. Er war aufgestanden und hatte versucht, sie zurückzuhalten. »Wir wiederholen das alles!« rief er ihr von der Tür aus nach.

Der Gang, den sie entlanglief, verschwamm vor ihren Augen. Ich weine, dachte sie. Sie lief schneller, die Türen der Hotelzimmer wischten in regelmäßigen Abständen an ihr vorbei. Der dunkelbraun tapezierte Korridor schien nicht klimatisiert zu sein, es war drückend heiß unter den kleinen, kristallenen Deckenlampen, die ihn trübe erleuchteten. Zweimal links abbiegen, dann käme sie zu ihrem eigenen Zimmer. Sie zwang sich zur Konzentration. Schon zu oft hatte sie sich in dem großen Hotel verirrt. Vor der zweiten Abzweigung eine gläserne Schwingtüre, nur nicht dagegenlaufen. Sie hob die Hand und wischte die Tränen zwischen den starrgetuschten Wimpern weg, wischte achtlos über die Wangen. Da, die Glastüre.

Aber sie wurde von der anderen Seite her geöffnet.

Fast wäre sie gegen den Mann geprallt, der ihr in den Weg trat. Sie murmelte eine Entschuldigung, ohne recht zu wissen, in welcher Sprache, der Mann mußte Araber sein, Nordafrikaner, es war ihr egal, sie lief weiter. Auch daß sie einen erstaunten Blick in ihrem Rücken fühlte, war ihr egal. Hundertzwölf, ihr Zimmer, endlich. Während sie in der Tasche nach dem Schlüssel suchte, mußte sie nochmals Tränen aus ihren Augen wischen, dann sperrte sie auf und schloß erleichtert die Tür hinter sich.

Das Geräusch der surrenden Klimaanlage füllte den Raum, es war eisig kalt, die Vorhänge waren zugezogen. »Ein Grab«, sagte sie laut vor sich hin und setzte sich kerzengerade auf das Bett. Der Schweiß auf ihrem Körper schien zu erstarren. Ihr vom Laufen heftig gewordener Atem beruhigte sich nur langsam, sie bewegte sich nicht. Es war, als müsse sie am kühlen Leinen der Bettdecke festfrieren, zu Eis werden. Auch die Tränen, die ihr jetzt verstärkt aus den Augen liefen, waren kalt.

Noch immer sah sie überdeutlich vor sich, was sie gezwungen hatte, fluchtartig das Zimmer voller Menschen, die schweigend um sie herumgesessen waren, zu verlassen. Sie sah, in maßloser Vergrößerung auf die Leinwand geworfen, ihr eigenes Gesicht.

Der Projektor hatte gesurrt, ähnlich wie die Klimaanlage hier, und dieses Gesicht, das angeblich ihr eigenes war, hatte lautlos Worte geformt, sich dabei geregt, gefältelt und Wellen geschlagen. Ihr war gewesen, als blicke sie in das Innere eines pulsierenden Kraters. Vor den Augen der anderen hatten sich die geheimnisvollen Veränderungen des Alterns entrollt. Alle im Zimmer hatten es mit Erschütterung wahrgenommen und deshalb geschwiegen.

»Scheißkerle!« sagte sie jetzt. Und dann nochmals, lauter: »Scheißkerle, alle!«

Regungslos blieb sie in dem surrenden Zimmer sitzen, bis sie am ekelhaften Geschmack von Wimperntusche merkte, daß ihr Tränen in den Mund geflossen waren. Sie stand auf, ging in das Badezimmer und drehte dort das Licht an, eine weiße Lichtwanne über dem Spiegel.

Einen Moment lang staunte sie über das Gesicht, das ihr entgegensah. Dann lachte sie auf. Gestreift wie ein Zebra sah es aus, schwarze Streifen der zerflossenen und verwischten Augenbemalung zogen sich über das gesamte Gesicht, bis zum Hals hinunter. Lachend reinigte sie sich mit Hautöl. Sie lachte auch noch, als jemand an ihre Zimmertüre klopfte.

Unter der Schminke trat ihre gerötete und überanstrengte Haut zutage. Sie versuchte, auf das Klopfen nicht zu reagieren, sondern spülte ihr Gesicht mit heißem Wasser ab und rieb es dann trocken. Was für eine Erlösung, dachte sie.

Das Klopfen an der Türe war inzwischen zu einem Hämmern geworden. »Linda!« rief eine Männerstimme. »Bitte, Linda!«

Im Lauf der Jahre hatte sie sich an diesen Namen gewöhnt, ohne recht zu wissen, ob er ihr gefiel. So müsse sie heißen, war irgendwann beschlossen worden. Hermine – nein, zu altmodisch und zu ernst. Linda, das ist es. Linda Ess. Genau.

Wieder die Männerstimme, jetzt bereits ungehalten und fast schreiend: »Linda, bitte laß das Trara!« Er hatte immer »Trara« zu dem gesagt, was ihr das Herz brach. Immer schon.

Vom Badezimmer bis zur Tür waren es nur wenige Schritte, und sie nahm verwundert wahr, wie viele gefaßte und wieder verworfene Beschlüsse in diesen wenigen Sekunden, in denen sie langsam einen Fuß vor den anderen setzte, Platz fanden. Eine Kette sehr klarer Gedanken bildete sich und schwand dahin, riß schließlich ganz, als er die entriegelte Türe aufdrückte und ins Zimmer trat.

»Ist diese Kälte hier nicht zuviel des Guten?« fragte er ruhig. Rasch hatte er die Heftigkeit, die in seinem »Trara« mitgeklungen hatte, durch den sanften Spott ersetzt, den er sich wie ein Haustier hielt, als ständigen Begleiter und verläßlichen Beschützer vor Annäherungen jeder Art. »Aber vielleicht willst du mich per Kälteschock ja umbringen.« Ohne sie anzusehen, schob er den Hebel der Klimaanlage auf eine niedrige Stufe. Das Surren im Zimmer erstarb. Mit kräftigen Schritten durchmaß er den Raum. Welch eine Sicherheit in diesen langen, unerschütterlichen Männerbeinen, dachte sie. Er zog die Vorhänge auf. Rotes Licht fiel durch die Glasfront, davor als dunkler Umriß sein breiter Rücken. Eine Weile stand er da, ohne sich zu bewegen.

Ich sollte ihm sagen, daß ich es im Zimmer dunkel wünsche, dachte sie. Daß er gehandelt habe, ohne mich zu fragen, ohne daß ich ihn darum gebeten hätte. Daß mich das wütend macht, daß er ständig seinen Kopf durchsetzt, über meinen Kopf hinweg, und so weiter.

»Was für ein Sonnenuntergang«, hörte sie ihn sagen, und da tatsächlich ein Seufzen darin mitschwang, schwieg sie. Ich schweige wieder einmal, dachte sie als Nachsatz. Ich denke überhaupt in Nachsätzen. Eine fatale Angewohnheit. Da, wieder. Wieder so ein Nachsatz.

Sie ging ins Badezimmer zurück, bürstete heftig ihr Haar und schmiß dann die Bürste mit einem lauten Knall auf die weiße Marmorplatte. Sie warf die Tür zum Bad hinter sich zu, schleuderte auf dem Weg zu ihrem Bett die Schuhe von sich, setzte sich an den Bettrand und zog die Strümpfe aus. Mit nackten Beinen und hochgezogenem Rock saß sie nun auf dem Bett. Es sah vulgär aus, das wußte sie. Sie wollte es so.

»Ich scheiße auf den Sonnenuntergang«, sagte sie schließlich. Er wandte sich ihr zu.

Sie wußte, daß er sie jetzt mit leichtem Ekel betrachten würde, und es war ihr recht. Sie hob die

Augen und begegnete seinem Blick. Stimmt, da ist er, der Ekel, dachte sie. Wie vertraut er mir ist. Man kann sich also an den Ekel im Gesicht eines Menschen gewöhnen, wie an ein Muttermal, eine Stirnfalte oder abstehende Ohren.

»Was also war heute wieder los?«

Mit einer rhetorischen Frage wollte er zur Sache kommen, es hinter sich bringen. Oder war womöglich seine Frage arglos und nur die Absicht, die sie selbst ihm unterstellte, böse? Wir geraten in unser altes Lied, dachte sie.

»Wir geraten in unser altes Lied.«

Diesmal sprach sie den Gedanken aus.

»Ja, leider«, sagte er und setzte sich in den Sessel mit türkisch gemustertem Chintzbezug, der vor dem Fenster stand. Der Sessel knisterte und knirschte leise unter seinem Gewicht.

Er rieb sich unter den Brillengläsern die Augen. Er signalisiert Müdigkeit, dachte sie. Dabei waren solche Signale längst unnötig, zu oft schon hatten sie einander versichert, wie sie des anderen müde seien, im Zorn war es gesagt worden und auch ganz ruhig. Du ermüdest mich grenzenlos. Und dazu die langen, schamlosen Blicke. Schamlos in ihrer Abneigung, lautete ihr stummer gedachter Nachsatz, und sie sah ihn an.

Er hörte auf, sich die Augen zu reiben, rückte die Brille zurecht und faltete die Hände über dem Magen, als säße dort ein Schmerz, den es zu beschwichtigen galt.

»Hast du vielleicht einen Vorschlag für ein neues Lied?« sagte er sehr ruhig. »Wär' mir recht.«

Sie schnaubte nur. Im Laufe der Jahre hatte sie sich angewöhnt, ganze Tiraden anklagender Sätze zu einem einzigen kurzen Schnauben zu verdichten und ansonsten zu schweigen. Wehe aber, wenn ihre Sätze doch hervorbrachen und das Schweigen überrollten. Sie fürchtete sich selbst davor.

Das rote Licht der sinkenden Sonne erfüllte jetzt den ganzen Raum. Algier, tief unter den Fenstern, schien zu brennen, lautlos jedoch, denn die geräuschdämmenden Doppelfenster schlossen das Zimmer hermetisch ab. Eine Taucherglocke, dachte sie, in einer Taucherglocke durch den afrikanischen Sonnenuntergang.

»Also, Linda.«

Wenn er in diesem Ton ihren Namen sagte, ihren falschen Namen, bedeutete das: Ich warne dich. Ihre Stummheit begann ihn also zu ärgern.

»Gut, dann zurück zum alten Lied, was sonst. Laß es mich kurz machen. Ich weiß, wir haben die Großaufnahmen zu spät gedreht, du warst erschöpft, Alec müde und lustlos, er hat ein indiskutables Licht gesetzt, jeder stimmt dir zu, alles wird wiederholt, kann ich mehr dazu sagen? Glättet das die Wogen?«

Ich muß jetzt antworten, dachte sie. »Ja«, sagte sie.

Er starrte sie abwartend und freudlos an. Aber mit ihrem knappen Ja hatte sie das Meer ihrer Einwände in sich verschlossen. Sinnlos, es auf diesen Mann zurollen zu lassen, der sich sichtlich jetzt schon wappnete. Das Zucken unterhalb der Wangenknochen konnte sie mühelos deuten, auch er zerbiß Worte zwischen seinen Zähnen, um sie nicht auszusprechen. Wieviel Mühe sie beide immer wieder darauf verwandten, Worte ungesagt zu lassen. Was für ein Kampf um das Schweigen, das sich lähmend zwischen ihnen ausbreitete und sie immer weiter auseinanderdrängte. Statt den anderen zu bekämpfen, kämpfte jeder von ihnen gegen die Sätze an, die in seinem eigenen Innern zu erwachen drohten. Um einander nicht zu vernichten, vernichteten sie ihre Kampfwerkzeuge, die aufwallenden Worte. Zu oft schon hatten sie einander mit Worten getötet und waren hinterher mühselig wiederauferstanden zu einem Leben, das ihnen geschändet vorkam, mehr als je zuvor. Wir zwei sind eine Schande, dachte Linda, während sie aufstand und ihren Rock auszog. Dann warf sie sich auf das Bett und schloß die Augen. Die Dunkelheit hinter ihren Lidern schien sie abzugrenzen und zu beherbergen.

»Dann gute Nacht«, sagte sie. »Das beste ist, ich schlafe mich aus.«

Sie meinte leise zu sprechen, aber ihre Stimme schallte durch das Zimmer. Louis räusperte sich ebenfalls sehr laut, zustimmend vielleicht oder auch nicht. Jedenfalls kamen aus der Richtung des bunten Chintzsessels keine weiteren Geräusche, er mußte ruhig sitzengeblieben sein.

»Louis«, murmelte sie schließlich mit geschlossenen Augen. Der Mann im Chintzsessel antwortete nicht.

Also will er, daß ich mich wieder aufrichte, ihn anschaue und nach dem Unbehagen in seiner Miene forsche, dachte sie. Also gibt es ein Unbehagen hinter dem sanften Spott und den Beruhigungen. Also ist der heutige Tag noch nicht ausgestanden, und es muß noch gesungen werden, unser altes Lied. Sie richtete sich auf, die Arme als Stütze, und schaute ihn an.

»Ist der heutige Tag noch nicht ausgestanden?« fragte sie. Eindeutig noch nicht, stellte sie fest, als sie den feindlichen und gleichzeitig hilflosen Ausdruck in seinem Gesicht sah.

»Daran liegt es«, gab er zur Antwort, und zunächst wußte sie nicht, was er damit meinte. »Daran«, fuhr er fort, »daß du alles nur noch tust, als müsse es ausgestanden werden. Als würdest du gefoltert. Wo ist dein Elan geblieben, dein eigener, leidenschaftlicher Wille? Ich vermisse das, verstehst du, es hat mich mit dir verbunden. Jetzt fügst du dich. Aber nur in die Gegebenheiten, den Drehplan, den Tagesablauf, die Anweisungen. Im Innersten widerstrebt dir doch alles, ich sehe es dir an. Während du wie ein Schaf das tust, was man von dir will, bist du unentwegt zornig und willst es nur nicht zeigen. Aber ich kenne dich viel zu gut. Gerade, wenn du etwas nicht zeigen willst, sehe ich es. Ich brauche nicht einmal mehr eine Filmkamera, um dich zu durchschauen.«

Er hatte ruhig, aber schnell gesprochen, die Sätze mußten sich bereits in ihm angestaut haben und wollten ins Freie. Jetzt wirkte er erleichtert, und die Feindseligkeit wich aus seinen Augen. Wir schweigen, um den Krieg zu vermeiden, dachte sie, und gleichzeitig wächst im Schweigen die Feindschaft. Also sprechen.

»Ich bin zornig auf mich selbst. Ich kann mich nicht mehr sehen«, sagte sie.

Er seufzte ungeduldig auf.

»Nein!« widersprach sie schnell. »Nicht das. Nicht mein Aussehen macht mich zornig, sondern daß ich mich unentwegt selbst ansehen muß. Dafür bin ich zu alt geworden.«

»Alt«, er seufzte nochmals, »wir sind wieder einmal beim Thema.«

»Nein, wir sind wieder einmal am Thema vorbei«, sagte sie und legte sich auf das Bett zurück. Er soll gehen, dachte sie. Das Zimmer war immer noch rot von der Abendsonne, ein dunkles Rot jetzt. »Wäre gut, wenn du jetzt gehen würdest.«

Die Luft zwischen ihnen stockte, wurde massiv und undurchdringlich. Unmöglich, einander je wieder näher zu kommen. Die Phase der Lähmung, dachte sie.

»Louis!«

Sie rief, wie jemand um Hilfe ruft. Obwohl sie ihn anschreien wollte, weil er nicht ging. Weil er nicht ging und doch nicht da war, weil er sprach und nichts sagte, weil er schwieg und sie maßregelte, weil er so war, wie sie wußte, daß er war, weil sie ihn nicht ertrug und ihn doch neben sich fühlte.

»Ja«, sagte er dumpf.

Dann stand er unter schleifenden und knirschenden Geräuschen des glatten Chintzbezugs auf, anscheinend entkam er nur mit Mühe dem engen Sessel. »Idiotisches Möbel«, schimpfte er leise vor sich hin. Dann sah er zu ihr her und schüttelte den Kopf. Sein schwarzer, kopfschüttelnder Umriß vor der gleichmäßig rot glühenden Glasfront erinnerte sie an etwas. Daß sie sein Gesicht nicht sehen konnte, nur diese Kontur mit Goldrand. Und das Hin und Her des Kopfes, schlichtester Ausdruck von Mißbilligung. Habe ich dieses Bild schon einmal in einem Traum gesehen? überlegte sie.

»Wirst du jetzt auch wirklich schlafen?« fragte er. »Willst du nicht mit uns zu Abend essen? Wäre gut, wenn du das heute tun würdest. Wegen der Stimmung.«

Sie legte ihre Arme unter den Kopf. »Ich scheiße auf eure Stimmung.«

»Mehr und mehr wirst du zu einem Waschweib.«

»Nichts gegen Waschweiber.«

»Ja, wenn sie Wäsche waschen und nicht Filme drehen.« Wunderbar, dachte sie, wir sind wieder in bester Form.

»Wunderbar«, sagte er nach einer kurzen Pause, »wir sind wieder einmal in bester Form.«

Sie lachte schallend auf. Wir sind uns einig, dachte sie, manchmal sind wir uns erstaunlich einig. Vor allem, was unsere verwüstete Gemeinsamkeit angeht. Da sehen wir das gleiche.

»Ich weiß zwar nicht, was so komisch ist, aber dich einmal lachen zu hören, finde ich sensationell«, sagte Louis. Er nahm die Brille ab und putzte sie mit einem Zipfel seines Hemdes. Dann setzte er sie energisch wieder auf. »Ich gehe also. Träum schön.«

Sie hörte seinen dumpfen Schritt auf dem Teppichboden und das Öffnen und Schließen der Zimmertüre. Wie er sich auf dem Gang entfernte, war nur noch zu ahnen.

Linda schnaubte kurz durch die Nase. Da sie jetzt alleine war, galt es wohl der Weigerung, auf ihre eigenen Gedanken einzugehen. Ich will, daß er geht, hatte sie gedacht, und kann sein Davongehen kaum ertragen. Noch einmal schnaubte sie kurz, dann stand sie auf. Sie nahm den rötlichen Schimmer auf ihren nackten Armen wahr, und als sie an sich heruntersah, hatte sie den Eindruck, sich in einem Aquarium voll roten Wassers zu bewegen. Nur wohin sie sich bewegen sollte, wußte sie plötzlich nicht mehr. Da stand sie in der Abendsonne mitten in einem Hotelzimmer, in einem der vielen einander gleichenden Zimmer in diesem großen Hotel auf einem Hang oberhalb von Algier. Was habe ich hier verloren? dachte sie. So verlassen fühlte sie sich in diesem Moment, als wäre die Welt rings um dieses Zimmer versunken, verglüht, verbrannt, was auch immer, und sie der letzte Erdenbewohner, in schrecklicher Isolation dem eigenen Ende entgegenatmend. Und wirklich hörte sie in der hermetischen Abgeschlossenheit und Stille ungewöhnlich laut ihre eigenen Atemzüge. Um dem ein Ende zu machen, hustete sie. Dann ärgerte sie sich. Was für blöde Tricks mir selbst gegenüber, dachte sie und ging zur Fensterfront, in deren Mitte eine Glastür auf den Balkon hinausführte.

Der Hebel ließ sich etwas schwer nach oben drükken, aber dann drang ein Schwall von Hitze und Lärm auf sie ein. Sie öffnete die Türe und trat hinaus. Die Balustrade aus gegossenem Beton glühte unter ihren Armen, als sie sich aufstützte. Auch der Asphaltboden unter ihren nackten Fußsohlen strahlte noch Wärme aus. Die Luft über der Stadt war dunstig vor Schmutz, und nur die Färbung des Abends veredelte den Ausblick. In der Ferne konnte man einen Streifen Meer sehen, blitzend im Widerschein der sinkenden Sonne. Verkehrslärm dröhnte herauf, die Straßen schienen zu dampfen. Auf einigen Moscheen begann eben das abendliche Rufen der Muezzins, aber Linda hörte nur abgebrochene Laute, das Getöse der Stadt überwog. Die rote Sonnenkugel war kaum noch zu sehen, aber der blutrote Schein ihres Versinkens erfüllte alles, gab der desolaten Stadt einen Anstrich von Schönheit. Linda mochte Algier nicht. »*Verkommen und dreckig*«, hatte sie nach Hause geschrieben. »*Und das Schlimmste sind die Frauen. Da es heiß ist, haben sie statt des Tschadors etwas vor dem Gesicht hängen wie einen Maulkorb. Jedenfalls sieht es so aus. Kleine Vorhänge aus Nylon im Gesicht, mit ein bißchen synthetischer Spitze oder Stickerei daran! Nichts von, wenn schon, geheimnisvoller Verschleierung, o nein, eine Alibi-Gardine! Was lassen Frauen sich nicht alles gefallen.*« So hatte sie ihren beiden Töchtern einen Nachsatz serviert, der diese zum Weiterdenken bringen sollte. Was lassen Frauen sich nicht alles gefallen.

Die Sonne war verschwunden, der Himmel sah aus wie eine Wunde. Linda, auf ihrem Balkon, dachte an diese Mädchen, die ihre Töchter waren, zweifellos, und ihr doch so fern, als wäre man einander nur zufällig über den Weg gelaufen. Auf ihre regelmäßigen Briefe erhielt sie selten Antwort, und wenn, dann nur eine knappe, pflichtschuldige. »Ich schaffe es nicht, herzlicher zu sein«, hatte eine ihrer Töchter einmal abgewehrt, lachend und ungehalten. Weil ich es nie geschafft habe, hatte Linda gedacht.

Der ferne Streifen Meer hinter der Stadt war mittlerweile violett geworden. Linda stützte ihr Gesicht in beide Hände und schloß die Augen. Warme Luftstöße, die nach Benzin und Straßenstaub rochen, berührten ihr Gesicht. Sollte sie wirklich auf ihrem Zimmer bleiben? Sie hatte Hunger. Der Zimmerservice im Hotel funktionierte schlecht. Und sie wollte sich nicht einsam fühlen, wollte etwas dagegen unternehmen, daß nach der panischen Verlassenheit von vorhin jetzt Einsamkeit sie bedrängte.

Linda öffnete ihre Augen wieder. Die Türme der vereinzelten Moscheen ragten wie schwarze Nadeln in den weinroten Himmel, erhoben sich über die verschwimmenden Dreckschwaden der immer noch lärmenden Straßen, in denen mehr und mehr Lichter aufglommen. Sie würde hinuntergehen zu den anderen, versuchen, gleichmütig zu wirken, und Louis würde ihr zuwinken. »Komm zu uns, Lindissima«, würde er rufen und den Triumph in seinen Augen zu verbergen versuchen. Sie selbst würde über Geschehnisse des Tages scherzhaft oder mit Beteiligung sprechen wie alle anderen auch, und keiner würde ihr Davonlaufen, und was dem vorausging, erwähnen, obwohl es in jedem Blick zu finden sein würde. Sollte sie sich dem stellen?

Es begann jetzt schnell zu dunkeln, der Himmel verblaßte, aber es blieb unvermindert heiß. Kreischendes Abbremsen und unflätiges Hupen durchbrach immer wieder das gleichmäßige Dröhnen des Verkehrs und drang erstaunlich präzise zu ihr herauf. Menschen, dachte Linda, sind alles Menschen. Steigen auf Bremsen, hupen wie wild, sind in den brütend heißen Straßen unterwegs, quälen sich ab in diesem Hexenkessel, jeder allein mit sich und der Bürde seines Lebens, ich rieche es förmlich, ich rieche Menschenfleisch.

Der Blick über eine Stadt hinweg hatte sie immer schon bestürzt. Nie konnte sie ein städtisches Panorama von ihrer eigenen Vorstellung der abertausend darin gelebten Menschenleben loslösen. Was in jeder Straße, hinter jedem Fenster, in all den Autos und Bahnwaggons, in jedem Winkel dieses steinernen Urwaldes in jeder Sekunde geschah, geschehen mußte, ohne daß sie je davon erfahren würde, raubte ihr fast den Atem. Es lärmte, schwitzte Dunst, Gerüche, Farbschattierungen aus, hatte einen Himmel über sich und trug einen Namen. Hieß zum Beispiel Algier. Hatte den ganzen afrikanischen Kontinent im Rücken und schaute über das Meer hin nach Europa. So ließ sich über eine Stadt sprechen, fand sie, als wäre sie ein Wesen. Das ging. Aber was an Empfindungen und Lebenskampf dieses Gebilde durchzog, es unterminierte, bis in seine verzweigtesten Ausläufer vibrieren ließ, dieser Ozean aus Pulsschlägen und Atemzügen, sich das vorzustellen, ging jedesmal über Lindas Kräfte, und dennoch tat sie es. Jetzt wieder. Sie seufzte.

Die ersten Sterne waren zu sehen, sie leuchteten stark. Afrikanisch, dachte Linda.

»Komm her zu uns, Lindissima!« rief Louis, als er sie erblickte. Sie hatte sich suchend im Garten des Restaurants umgesehen, und er hatte sich sofort erhoben und ihr mit seiner imposanten Größe den Weg gewiesen. Auch die anderen an der langen improvisierten Tafel winkten ihr freundlich zu, ohne jedoch ihr Sprechen oder Kauen zu unterbrechen. Linda setzte sich neben Louis. Er hatte, seiner Ahnung trauend, einen Sessel für sie freigehalten. Sie lächelte ein wenig gläsern, oder hatte zumindest das Gefühl, als wäre ihr Gesicht aus Glas und ließe sich schwer bewegen. »Gut siehst du aus«, sagte Louis und kraulte kurz ihren Nacken. Als sie ihn ansah, nahm er seine Hand zurück und aß weiter.

Man saß im Freien, unterhalb des riesigen Hotelgebäudes, es ragte vielstöckig in den sternenübersäten Himmel, und Linda konnte sich des schaudernden Gefühls nicht erwehren, daß es umkippen und auf sie alle herniederstürzen könne. Nach einem Blick in die Höhe ergriff sie ein volles Glas, das vor Louis stand, und trank mit heftigem Zug irgendeinen Rotwein, der süßlich schmeckte.

»Was für ein Durst«, sagte Theo Lebner, der auf der anderen Seite neben ihr saß und sich eben eine Zigarette ansteckte. Das aufflammende Feuer beleuchtete kurz sein Gesicht, die Wangenknochen traten hervor, und es sah dadurch noch abgekämpfter aus als sonst. Theo Lebner wirkte immer abgekämpft. Vielleicht das Schicksal eines jeden Assistenten, dachte Linda. Sie kämpfen nie um das, was sie selbst wollen, das muß ermüden. Linda setzte das Glas ab und rückte es wieder in Louis' Nähe. Dann sah sie Theo Lebner an.

»Nicht Durst«, erläuterte sie, »Angst!«

»Wovor denn?« lächelte Theo.

»Daß das Hotel umfällt«, sagte Linda.

Er hob den Kopf und starrte eine Weile ruhig hinauf.

»Verstehe ich«, sagte er dann. »Schauen Sie einfach nicht mehr hoch.«

Er lächelte ihr nochmals zu und rauchte weiter.

Linda bestellte irgendein europäisch klingendes Menü. Die Nachtluft war jetzt ein wenig kühler geworden und bewegte die Bougainvilleen am Swimmingpool, gleich neben dem Restaurant. Es schwammen noch Leute im türkisgrün erleuchteten Wasser, man hörte das Plätschern und die kleinen Schreie.

Linda lehnte sich in ihren Sessel zurück und versuchte all die Worte nicht zu hören, die über den Tisch flogen. Sie faltete die Hände im Schoß und fühlte sich wie einst als junges Mädchen, wenn sie schweigend neben ihren Eltern gesessen war, die sich mit anderen Erwachsenen unterhielten. Und wie damals genoß sie es, nichts mit diesen Gesprächen zu tun zu haben, sie an sich vorbeiplätschern zu lassen, als wäre sie ein Stein. Gleichzeitig wußte sie, daß Louis etwas anderes von ihr erwartete, daß sie Interesse zeigen müßte.

Gleich, beschwichtigte sie sich, nur noch ein klein wenig Frieden. Ja, es war ein Abglanz dessen, was sie unter Frieden verstand, wenn sie einfach dabeisein durfte, irgendwo wie selbstverständlich dabeisein, zu nichts anderem aufgefordert als zur bloßen Anwesenheit, und ohne daß ihr Beachtung geschenkt wurde.

»He, Theo«, rief jetzt Louis über sie hinweg ihrem Tischnachbar zu, »ist geklärt, daß wir morgen mit Lindas Großaufnahmen anfangen?«

Die Stille am Tisch dauerte sicher nur den Bruchteil einer Sekunde, vielleicht war im Gewirr der Gespräche sogar nur zufällig eine Pause eingetreten, aber Linda empfand sie wie einen Riß, der sie durchfuhr. Sie richtete sich auf wie ein Schulkind, das zur Ordnung gerufen wird, und ärgerte sich sofort darüber. Ich glaube, ich bin rot geworden, dachte sie bestürzt. Das Erscheinen des Kellners, der ihre Mahlzeit servierte, gab ihr die Möglichkeit, geschäftig mit Besteck und Serviette zu hantieren und ihre Reaktion als Essenslust zu tarnen. Sie schnitt ab, spießte auf, schob in den Mund und kaute, wußte aber eine Weile lang nicht, was sie aß und wie es ihr schmeckte.

Theo Lebner hatte wohl nur genickt, denn sie hörte nicht, daß er geantwortet hätte. Louis aber rief jetzt quer über den Tisch Anweisungen in Alecs Richtung. »Zeig, was du kannst«, schloß er lachend ab und stopfte sich dann ein Stück honigtriefender Süßigkeit in den Mund, deren Klebrigkeit ihn davon abhielt, weiterzusprechen. Alec Mühsam, ein zierlicher Mann mit dichtem grauen Haarschopf, dessen Können hinter der Kamera keineswegs seinem Namen entsprach, war nicht einmal bereit zu nicken. Er hatte nur kurz zu Louis hingesehen und seine intensive Beschäftigung mit einem zu harten Stück Fleisch nicht unterbrochen. Alle sprachen durcheinander und achteten demonstrativ nicht auf Linda.

Sie sind eigentlich nett, dachte sie. Alle sind netter als Louis. Aber sie haben es auch nicht nötig, mir zu beweisen, daß ich in ihrer Hand bin. Nur Louis muß es mir beweisen, indem er die Hand geräuschvoll auf und zu macht – hallo, hier bin ich. Hallo, weg bin ich. Auf, zu. Auf, zu.

Weil sie zu kauen vergessen hatte, verschluckte sie sich an einem Bissen Fleisch. Reglos saß sie da und wartete diesen kurzen Kampf in ihrem Körper ab.

»Ist etwas los?« fragte Theo Lebner neben ihr.

Ohne ihn anzusehen, schüttelte sie den Kopf. Dann trank sie Wasser und konnte wieder aufatmen. »Schon meine Mutter hat mir immer gesagt, ich soll besser kauen.« Sie lächelte Theo zu und aß weiter.

Sie fühlte, daß er sie anschaute. War es ihr Gesicht, das er musterte? Voll Besorgnis, wie der morgige Tag ablaufen würde? Wie man es erreichen könnte, Linda Ess zufriedenzustellen? Unmögliches möglich zu machen? Er schaut mich einfach zu lange an, es ist unverschämt, dachte Linda. Habe ich mir zuviel Rouge auf die Wange gepappt? Aber wen geht das etwas an? Er soll gefälligst aufhören, mich zu mustern. Die feinen Fältchen auf ihrem Hals schienen lebendig zu werden, sie benutzte ihr Eßbesteck mit Ungeschick, es klirrte so hart gegeneinander, daß Louis einen indignierten Blick zu ihr herüberwarf. Da wandte Linda ihren Kopf kurzentschlossen Theo Lebner zu, bereit, ihn zu stellen.

Er sah sie überhaupt nicht an. Die Hand mit der brennenden Zigarette hatte er an die Wange gelegt, mit der anderen formte er kleine Kugeln aus Brotkrumen und starrte mit gesenkten Augen abwesend auf diese Tätigkeit herab, der seine Finger mechanisch nachgingen. Er sieht mich überhaupt nicht an, dachte Linda, ich leide unter Verfolgungswahn. Das kommt davon. Das kommt davon, wenn alles nicht stimmt.

Sie wandte sich wieder ihrem Teller zu. Möglichst lautlos legte sie das Besteck ab, tupfte die Serviette gegen ihre Lippen und lehnte sich wieder in ihrem Sessel zurück.

Die anderen am Tisch waren in Weinlaune geraten. Molly Gschwandner, ihr gegenüber, lachte gerade Tränen, mit weit aufgerissenem Mund und feucht glänzendem Gesicht bot sie den Anblick vergnügter Haltlosigkeit. Plötzlich schien ihr Blick in Lindas Augen hängenzubleiben, denn ihr Lachen verebbte. Sie wischte sich die Tränen vom Gesicht, kicherte noch kurz auf und beugte sich über den Tisch Linda zu.

»Keine Angst, morgen bin ich in Hochform«, flüsterte sie verschwörerisch. Jeden Morgen lag Linda, den Kopf in der weichen, kuhlenförmigen Stütze des Schminkstuhls, unter Mollys Händen und genoß deren weiche Fingerkuppen, wenn sie jede Linie ihres Gesichts sanft klopfend zu glätten versuchte. Sie ergab sich dieser Ruhe stets mit dem Empfinden, eine Galgenfrist voll auszukosten. Molly, konzentriert über sie gebeugt, pflegte einen angenehmen, sanft parfumierten Duft auszuströmen und mit einer diskreten Feierlichkeit an Lindas Gesicht zu arbeiten, die Linda oft an die Zurichtung eines Gänsebratens erinnerte. Tatsächlich hatte so feierlich auch ihre Mutter gewirkt, wenn sie mit dem Bürstchen Fett über eine gefüllte Gans strich.

»Ich weiß«, flüsterte Linda zurück, »du bist immer in Hochform. Du schon.«

»Was soll das denn heißen?« brummte Molly abwehrend, schnippte dann noch einmal mit einer Hand aufmunternd in Lindas Richtung und wandte sich wieder dem Gelächter zu.

Ich gehe ihnen allen auf die Nerven, dachte Linda. Du darfst dich nicht schämen, sagte sie zu sich, halte den Kopf hoch.

Sie stand auf und schlenderte zum Swimmingpool hinüber. Die wehenden Sträucher berührten sie am bloßen Arm, und sie zuckte zusammen, als hätte eine menschliche Hand sie gestreichelt. Nach einem Blick auf das windbewegte Gebüsch schüttelte sie den Kopf und hoffte, daß niemand ihr kurioses Erschrecken wahrgenommen hatte. Sie setzte sich an den Rand des Schwimmbeckens, das jetzt menschenleer war, aber immer noch beleuchtet. Es roch stark nach Chlor. Am Grunde des Beckens befand sich ein Mosaik aus kleinen Kacheln, einige Palmen und fliegende Vögel darstellend. Da die Nachtbrise das Wasser bewegte, schienen die Palmen sich zu wiegen, die Vögel unruhig zu flattern.

»Madame Ess«, sagte jemand dicht neben Linda, und sie hob den Kopf. Ich kenne diesen Menschen, dachte sie.

»Erlauben Sie, daß ich mich kurz zu Ihnen setze?« fragte der Mann in korrektem Deutsch und deutete auf den steinernen Rand des Beckens. Er lächelte höflich. Sein kurzgeschnittenes, gekraustes Haar war bereits grau, und doch konnte sein dunkles Gesicht auch das eines jungen Menschen sein, nur von Erschöpfung gezeichnet.

»Ja«, sagte Linda dann.

Der Mann trug einen schlechtgeschnittenen hellen Anzug. Als er neben Linda Platz nahm, zog er seine Hosenbeine an den Bügelfalten etwas hoch, und die Ungeschicklichkeit dieser Geste stand in seltsamem Gegensatz zu der sanften Leichtigkeit seiner Bewegungen. Da saß er also und sah Linda müde und unverwandt an.

»Ja?« wiederholte sie, diesmal fragend.

»Darf ich Ihnen vorerst meinen Namen sagen?« antwortete der Mann. »Ich heiße Mahfoud Lamine Ghali.«

Er neigte kurz seinen Kopf.

»Verheißungsvoll«, sagte Linda und setzte ein Lächeln auf.

»Wie bitte?«

Seine höfliche Frage klang etwas verwirrt, und Linda schämte sich. Sie nahm ihr Lächeln wieder ab. Oh, dieser lebenslange Drill, sich mit einem Lächeln zu schützen und Annäherung mit läppischem Witz abzuwehren! Unter dem müden, verwunderten Blick dieses Mannes sah sie sich in einem kalten Licht. Ich kenne ihn irgendwoher, dachte sie wieder.

»Kenne ich Sie nicht irgendwoher?« fragte sie, auch um von ihrer Beschämung abzulenken. Aber da fiel es ihr wieder ein. Er war ihr auf dem Gang des Hotels begegnet.

»Wir kennen uns nicht«, sagte der Mann, »nur vorhin sind wir uns am Gang des Hotels begegnet. Aber ich kenne *Sie*. Ich weiß sehr gut, wer Sie sind.«

»Ja?«

Sie hörte selbst den Anflug von Wut in ihrem Ton, und daher wunderte es sie nicht, daß der Mann den Blick hob und sie prüfend ansah.

»Ja. Sie sind sehr bekannt.«

»Ihnen bin ich bekannt? Das ist erstaunlich.«

Linda hatte ihre Wut bezwungen und konnte wieder lächeln, aber nicht ihr glattes Berufslächeln, etwas an der Ruhe dieses Mannes trieb es ihr aus. Ich lächle wirklich, dachte sie. Warum jedoch zuvor diese Wut? Nur weil einer zu wissen meint, wer ich bin? Ein Reflex der Abwehr bei der geringsten Behauptung über meinen Kopf hinweg? Wenn es darum geht, meine Person anderen gegenüber zu definieren? Dieser höfliche Mann will nichts definieren, er will mir etwas sagen.

»Weil Sie mir bekannt sind, spreche ich Sie ja an.« Er lächelte leicht. Wie heißt er? dachte sie. Nur Lamine habe ich mir gemerkt, Lamine, ja. »Es ist mir ein wenig unangenehm, aber ich muß es tun.«

»Und warum?«

Lindas Stimme klang jetzt gefaßt und warm, sie war damit zufrieden. Aber hinter dieser Zufriedenheit lauerte bereits Unbehagen. Warum lausche ich mir dauernd hinterher? fragte sie sich und verscheuchte die Frage gleich wieder.

Der Mann strich mit dunklen Fingern über sein dichtes, ergrautes Haar und neigte dabei den Kopf, als wolle er für einen Moment des Überlegens sein Gesicht verbergen. Schließlich richtete er sich wieder auf, faltete die Hände über den Knien und sah sie an.

»Ich bin ein Saharoui. Falls Ihnen das etwas sagen sollte.«

Es sagt mir nichts, dachte sie, bewahrte jedoch unverändert ihre aufmerksame Haltung.

»Ich bin auch ein Vertreter der Frente Polisario. Das sagt Ihnen ebenfalls wenig, wie ich erkennen kann.« Ihren Versuch, verlegen abzuwehren, schob er sofort zur Seite. »Nein! Bitte! Das muß Ihnen überhaupt nicht unangenehm sein, es ist üblich so. Ich bin dazu da, Ihnen Erklärungen zu geben. Das ist meine Aufgabe.«

Warum das alles? dachte Linda. Warum muß ich mir Erklärungen anhören, nach denen ich nicht verlangt habe? Sie sah zum Tisch der anderen hinüber, die bereits etwas stiller beisammen saßen. Molly gähnte gerade herzhaft und ohne es verbergen zu wollen.

»Ich weiß nicht so recht«, begann Linda. Sie suchte nach einer Möglichkeit, das Gespräch mit diesem Fremden zügig zu beenden. »Wie kann es Ihre Aufgabe sein, mir etwas zu erklären? Offensichtlich bin ich hoffnungslos ignorant.«

Lamine, oder wie immer der dunkle Mann hieß, nahm ihre scherzhafte Bemerkung ernst.

»Wir sind alle Ignoranten, wenn uns etwas nicht unmittelbar berührt«, sagte er. »Das ist kein Fehler, das ist eine menschliche Eigenschaft. Aber trotzdem sollten wir offen bleiben. Ich glaube, daß Sie eine Frau sind, die Offenheit besitzt.« Woher will er das wissen? dachte Linda. »Wir brauchen Menschen, Persönlichkeiten wie Sie. Wenn ich Ihnen einiges klar machen kann, ist uns geholfen. Darf ich also sprechen?«

Ich kann schlecht nein sagen, mein Herr, dachte Linda und sagte: »Natürlich.«

Am großen Tisch drüben hatte sich Louis gerade ein wenig aufgerichtet, sich mit seinen langen Armen an den Sessellehnen hochgestützt und nach ihr Ausschau gehalten. Sein suchender Blick mußte zweifellos ihr gegolten haben, denn als er sie an der Seite Lamins, oder wie der Mann auch immer hieß, erspähte, mischte sich in seinem Gesicht Beruhigung mit aufsteigender Verwunderung. Er setzte sich wieder, aber seine Augen schweiften weiterhin zu ihnen beiden her.

»Natürlich!« wiederholte Linda, um einiges herzlicher, und wandte sich dem dunklen Gesicht des fremden Mannes zu. Kein unschönes Gesicht, dachte sie, wenn es nicht so müde aussähe.

»Lamine«, sagte sie, »wäre das richtig, wenn ich Sie so nennen würde? Sie haben mir einen langen Namen genannt.«

»Ja, nennen Sie mich so, es ist richtig.« Der Mann lächelte nun ein wenig kindlich.

»Also gut, Lamine.«

Linda fühlte ihr eigenes weiches und aufmerksames Gesicht und erkannte beschämt, daß sie es nur aufgesetzt hatte, um die Blicke von Louis noch lauernder werden zu lassen.

»Oder vielmehr nein.« Sie starrte hinunter auf die Palmen und Vögel im türkisgrünen Wasser. »Es ist heute schon spät. Ich werde jetzt gehen.«

Er muß mich für ein blödes, zickiges Weibsbild halten, dieser Lamine, dachte sie. Und ich bin es auch. Verrottet bin ich und nicht mehr ernst zu nehmen. Warum soll dieser Mann seine Müdigkeit an mich verschwenden? Er will mir etwas Politisches erzählen. Afrika, politisch ein einziges Durcheinander, was habe ich damit zu schaffen? Aber daß ich ihn benütze, um meinen abgetakelten Dauerliebhaber, den ich schon lange nicht mehr lieb habe, eifersüchtig zu machen, das geht zu weit.

»Seien Sie mir bitte nicht böse«, sagte sie und wollte aufstehen. Aber als sie den Kopf hob, saß der Mann mit seinem dunklen erschöpften Gesicht ihr unverändert und gelassen gegenüber. Seine Augen hielten sie weiterhin fest. Es schien, als hätte er ihre Weigerung überhört.

»Waren Sie jemals in der Sahara?« fragte er.

Als Linda an den Tisch des Filmteams zurückkam, saßen zwar alle noch vollzählig beisammen, aber Trägheit hatte sich breitgemacht. Das Gespräch schien verstummt zu sein. Britta Mogner, die blonde Photographin, hing mit aufgestützten Ellbogen hinter ihrem Apparat und ließ dessen Auge über die ermüdete Gesellschaft schweifen. Ab und zu klickte es verträumt.

»Was photographierst du denn da?« fragte der Schauspieler Martin Berg und gähnte. »Schlafende?«

Einzig Louis sah Linda mit erstaunlich wachen Augen entgegen. Was für ein drängender Blick, dachte Linda. Was immer an Eigenleben in mir gedeihen wollte, hat er damit bedrängt und verdrängt. Warum nur?

Sie überlegte noch einen Moment, dann trat sie rasch näher und sah Louis entschieden in die Augen.

»Es waren doch demnächst einige drehfreie Tage geplant«, sagte sie laut, und alle Gesichter wandten sich ihr träge zu, »ab übermorgen, glaube ich mich zu erinnern. Ich reise in diesen Tagen nach Tindouf. Das ist ein Ort im Süden, mitten in der Sahara. Einige Flugstunden entfernt.«

»Bist du verrückt?« sagte Louis, wie sie erwartet hatte.

»Nein.«

»Was dann?«

»Man hat mich aufgefordert, die Zeltstädte der nach Algerien geflüchteten Saharouis zu besuchen. Und ich werde – ich möchte das tun.«

Jetzt lachte Louis schallend auf. Er war der einzige, der lachte. Alle anderen starrten Linda an, als hätte sie soeben den Verstand verloren.

»Starrt mich nicht so an, als hätte ich den Verstand verloren«, sagte Linda. »Soweit ich überhaupt Verstand besitze, besitze ich ihn nach wie vor. Seid unbesorgt.«

»Du bist vertraglich gebunden«, sagte Louis jetzt

messerscharf. »Du kannst nicht so einfach verschwinden.«

»Ich verschwinde nicht. Ich fahre dorthin und komme pünktlich wieder zurück. Ich glaube nicht, daß man mir das verbieten kann.«

»*Ich* verbiete es dir.«

Alle am Tisch schwiegen. Linda fühlte, wie ihre eigenen Gedanken sich krümmten und einzurollen begannen wie ausgelegte Teppiche. Wieder einmal sollten sie aus den Gängen ihres Bewußtseins verschwinden. Linda fühlte, daß sie dabei war, sich willenlos zu ergeben. Wozu auch eigene Wünsche und Farben, wozu sie ausrollen, auslegen, sie führen zu nichts. Die Mattigkeit dieses Gedankens griff auf ihren Körper über, sie ließ die Hand sinken und hätte sich gerne gesetzt.

Da sah sie, daß Louis sich wieder zurücklehnte, lautlos wie ein Wildtier. Und daß er zu lächeln begann, ein unterdrücktes, kaum sichtbares, aber siegessicheres Lächeln, das nur ein wenig in seinen Augenwinkeln glitzerte und den Schwung seiner Oberlippe veränderte, aber Linda kannte es genau.

»Ich fahre«, sagte sie.

Er blieb locker zurückgelehnt sitzen, nur seine Augen veränderten sich. Wenn Blicke töten könnten … es gelang ihr nicht, diesen Satz nicht zu denken, er paßte zu genau. Louis räusperte sich. »Du hast keine Ahnung, wohin du fährst«, sagte er dann.

»Ich werde es wissen, wenn ich zurückkomme.«

»*Wenn* du zurückkommst. Eine solche Reise ist gefährlich.«

»Nein. Sie ist völlig ungefährlich.«

»Hat der dunkle Herr am Schwimmbecken dir das weisgemacht?«

»Ja. Der dunkle Herr am Schwimmbecken hat mir alles sehr genau erklärt.«

»Phantastisch.«

Das Schweigen der anderen hielt an. Sie beobachten uns wie im Kino, dachte Linda. Sie sehen uns dabei zu, wie wir Kaskaden von Haß zu verschlucken trachten und mit kurzen, blankgescheuerten Sätzen kämpfen.

»Ich fahre also«, sagte sie.

Jahrgang

Eine kurze Strecke fuhren sie am Meer entlang. Am Strand lagen vereinzelt Badende, die den Kopf hoben, um dem Zug nachzuschauen, und in dieser Haltung für immer hinter ihnen verlorengingen. Die schimmernde Meeresfläche behauptete sich länger vor dem Fenster des Waggons, der Horizont schloß sie als bleigraue Konstante gegen den hellen Himmel ab.

»Das Meer!« schrie Marisa, ohne zu zögern, und es war, als hätte jeder diesen Schrei erwartet. Ergeben wurde genickt. »Ja, das Meer«, murmelte Eleonore und lehnte ihre Stirn gegen die Glasscheibe. Das Vibrieren und Rattern des Eilzugs vermischte sich für sie mit dem metallenen Glanz der vorbeigleitenden Wasserfläche, und sie schloß die Augen.

»Was hast du?« fragte Marisa sofort, obwohl sie dabei war, vor einem Taschenspiegel die schwarze Umrandung ihrer Augen mit dem Kajalstift auszubessern. Diese übermäßig glänzenden Augen befanden sich in ständiger, träger Bewegung.

»Ich habe nichts«, sagte Eleonore. Sie fand, ein so behandeltes Auge sehe wie das eines toten Fisches aus.

»Das Meer ist das Meer ist das Meer ist das Meer«, erklärte Marisa. Sie hatte nun den Mund aufgerissen und bemalte ihn bis in die Winkel zyklamerot. Eleonore schaute tief in den feuchten, dunklen Schlund, der sich vor ihr aufgetan hatte, dann klappten die glänzend zyklameroten Lippen wieder zu. Marisa schwieg jetzt. Das Meerlicht lag unbarmherzig auf ihrem großflächigen Gesicht, und man sah, daß die Schminke unregelmäßig auf die Wangenknochen aufgetragen worden war.

Was will man von uns? fragte sich Eleonore und ließ ihren Blick durch das Abteil schweifen. Paarweise wurden wir eingehandelt, drei Frauen, drei Männer. Man fand, dies sei unbedingt nötig, um den Dokumentarfilm über Teilnehmer des angeblich erfolgreichsten Jahrganges der berühmten Schauspielschule »geschlechtsspezifisch zu würzen«. Was für eine »Würze« wir wohl noch abgeben, dachte Eleonore, gealtert alle, und jeder auf seine Weise verbraucht.

Hektor, der zwischen Marisa und Melanie saß, hatte seinen wohlfrisierten grauhaarigen Kopf elegant an die kaffeebraune Polsterung des Ersteklassecoupés gelehnt und schlief, tadellos beherrscht. Melanie saß ebenfalls zurückgelehnt da und starrte mit weitgeöffneten Augen an Eleonore vorbei aus dem Fenster, als wolle sie einen kühlen Streifen Distanz in das Abteil bringen.

Nur die beiden Männer links von Eleonore unterhielten sich angeregt, und das, seit sie den Zug bestiegen hatten. August, die Beine zwar lässig ausgestreckt, gestikulierte lebhaft und stieß Eleonore oft versehentlich mit der Schulter oder dem Arm an. Sie zuckte jedesmal zusammen, doch das nahm er anscheinend nicht wahr.

»Das kann man einfach nicht ungestraft so sehen«, hörte sie ihn eben sagen und wandte ihr Gesicht wieder dem Fenster zu.

»Tut mir leid, aber damit bleibst du über«, antwortete Harry ruhig. Sie hörte das leichte Scheuern seines gestärkten Hemdes, er schien sich den Bauch zu kratzen.

Der Zug sauste mittlerweile durch Waldungen, hin und wieder von Olivenhainen durchbrochen. Kleine Ansiedlungen glitten blitzschnell vorbei, der Mund einer staubigen Straße tat sich auf und schloß sich gleich wieder. Vor einer Türe stand ein Kind auf hellblau gestrichenen Steinstufen und hob winkend die Hand. Diese Gebärde und das Blau der Stufen blieben Eleonore für eine Weile ins Auge gebrannt, auch noch, als wieder Eukalyptusbäume vorbeiwischten und ihre Schatten auf dem Fenster tanzten. Die Sonne stand bereits schräg. Im Rhythmus von Baumschatten und Licht konnte Eleonore ihr gespiegeltes Gesicht in der Glasscheibe sehen.

»O Antlitz«, stöhnte Marisa ihr gegenüber auf. Auch ihr schien beim Hinausschauen das eigene Spiegelbild entgegenzudrängen. Sie starrte es an, lehnte sich dann abrupt zurück und hielt beschirmend die Hand über die Augen. Unvermittelt lachte sie auf. Eleonore lächelte zurück, was sonst sollte sie tun als lächeln. Sie sah wieder vor sich, wie Marisa schwarzbestrumpft die Straße herabgeschritten war, einen geflochtenen Korb am Arm, das toupierte Haar königlich über dem blaß geschminkten Gesicht aufgetürmt. Eine bleiche junge Königin, verheißungsvoll schön, so kam sie des Weges. Und sie, Eleonore, war ihr lächelnd entgegengeeilt, den Stachel des Neides im Herzen.

»Haben wir einen guten Kameramann?« Mit weiterhin vorgehaltener Hand hatte sich Marisa zu Eleonore vorgebeugt, die nur die Achseln zuckte. »Sie nehmen einen immer so grauenvoll auf«, sagte Marisa leise und schloß die Augen.

Eleonore hörte Melanie in ihrer Ecke auflachen. Da saß sie, prachtvoll und unversehrt, und schüttelte den Kopf.

»Marisa in Not, wie eh und je«, murmelte sie.

Doch ohne die Augen zu öffnen, schrie Marisa prompt: »Halt dein loses Maul!«

Die Frauen lachten.

Hektor schreckte kurz auf, zwang sein traumverlorenes Gesicht zu einem höflichen Lächeln und schlief wieder ein. Die beiden anderen Männer diskutierten ungerührt weiter, ihre Stimmen gehörten bereits zu den Fahrgeräuschen des Zuges. Melanie sah wieder ruhig an allem vorbei aus dem Fenster. Sie ist schön geblieben, dachte Eleonore. Immer schon hat sie diese gesunde Widerstandskraft besessen, diese Trägheit, ohne zu zerfallen, diesen vollen warmen Körper und einen kühlen Kopf. Es war abzusehen, schon damals, daß sie sich in ihrem Leben gut einrichten würde. Die erfolgreiche Frau, die liebevolle Mutter, die sinnliche Gattin. Der Traum jedes vernünftigen Mannes, selbst hier, in diesem kaffeebraun gepolsterten Zugabteil. Der sanfte rötliche Schimmer ihres gelockten Haares fand einen zarten Widerschein auf ihren Wangen, die üppigen Brüste zitterten leicht im Rhythmus des fahrenden Zuges.

»Schau mich nicht strafend an.« Melanie hatte Eleonores beobachtenden Blick genau wahrgenommen. »Oder sehe ich so kriminell aus?«

»Kokettes Luder«, sagte Marisa sofort, und Eleonore fühlte sich dadurch gleich weniger ertappt.

»O ihr zwei«, konnte sie nun lächelnd sagen.

Ihr zwei, dachte sie. Schon als Mädchen ständig in heiterer Rivalität zueinander. *Milchkuh*, so höhnte Marisa über den üppigen Körper der anderen, und: *Laß mich in Ruhe, du verzehrendes Wesen*, konterte Melanie. Und dabei saßen sie Rücken an Rücken im sommerlichen Rasen des Parks, in einer freundschaftlichen Nähe, die auf die Jünglinge, die sie umlagerten, erregend wirkte, und die Sonne stand hoch über den beiden schönen Köpfen, die sich nicht neigten, auch im Scherz nicht.

August lachte nun auf und rammte Eleonore dabei seinen Ellbogen so heftig gegen den Arm, daß sogar er es merkte und sich ihr zuwandte.

»Verzeih, Blume«, sagte er.

Blume. So hatte er sie immer genannt, jetzt erinnerte sie sich. Als er es zum ersten Mal sagte, waren sie beide im Halbdunkel der Hinterbühne nebeneinander gestanden. Mit leise, aber vernehmbar gegeneinanderschlagenden Zähnen hatte sie versucht, die Trikotstrümpfe über ihren Schenkeln zu glätten, als ließe sich durch solch zitterndes, verzweifeltes Zupfen der kräftige Umfang dieser Schenkel verringern. *Warum muß ich diese blöden Trikothosen tragen?* hatte sie leise geflucht, und er hatte gesagt: *Sei ruhig, Blume, laß deine Beine, wie sie sind, und konzentriere dich.* Die Angst stand auch in seinen Augen, aber er hatte sich bemüht, gleichmütig zu ihr hinüberzugrinsen. Ein ähnliches Grinsen lag auch jetzt in seinem Gesicht, das ihr länger zugewandt blieb, als er wohl beabsichtigt hatte. Reflexartig hatte er sie »Blume« genannt, und nun fand hinter seiner Stirn eine ähnliche Zeitreise statt. Sie sahen einander an.

Dann wandte August sich wieder Harry zu, der mit lachender Ungeduld bereits zum zweiten Mal fragte: »Dann hat er also diese Schreckschraube hinterher tatsächlich geheiratet?«

Von welcher Schreckschraube reden sie? dachte Eleonore, doch da keine Neugier in ihr aufkam, sah sie wieder in die vorbeiziehenden Eukalyptuswälder hinaus. Sie schimmerten silbern und veilchenblau. Angeblich frißt der Eukalyptus jede andere landwirtschaftliche Kultur auf und läßt den Boden versanden. Als Eleonore davon las, hatte sie es als persönliche Beleidigung empfunden. Kaum einen Duft liebte sie so wie den von Eukalyptusbäumen. Sie legte die schmalen Blätter als Lesezeichen in ihre Bücher, und wenn sie eines davon später wieder aufschlug und die letzten Duftwellen des vertrockneten Blattes aufnahm, fühlte sie sich stets von mehr berührt als von dem Geruch eines bestimmten Baumes, einer bestimmten Landschaft. Ein Inbegriff schien sie zu berühren, eine Ewigkeit.

»Gefährlich, diese riesigen Eukalyptusplantagen«, erhob Melanie in der anderen Ecke des Abteils ihre ruhige Stimme, »ich hab es im Spiegel gelesen.«

Sie auch, dachte Eleonore und nickte schweigend. Jetzt nur kein anhaltendes Gespräch über Eukalyptusbäume. Oder gar darüber, daß das Schönste, der Inbegriff, sich im Überhandnehmen stets wandelt. Nein, ich möchte so etwas nicht aussprechen, dachte Eleonore. Immer haben sie damals über mich gelacht: *Du und deine weisen Sprüche*, hieß es, und dann wurde müde gelacht oder nur aufgeseufzt.

»Alles Auswirkungen der europäischen Gemeinschaft«, fügte Melanie belehrend hinzu, »der Gummiproduktion wegen.« Ihr rotgoldenes Gesicht bekam einen Zug ins Schiefe, als zerre jemand daran. Was hat Eukalyptus mit Gummi zu tun? dachte Eleonore.

»Auf einem Gummi-Gummi-Berg, da saß ein Gummi-Gummi-Zwerg«, sang Marisa laut, immer noch mit geschlossenen Augen. Melanies Gesicht löste sich wieder, von leichtem Unwillen durchblutet. Kurz beugte sie sich über den schlafenden Hektor hinweg in Marisas Richtung, schlug mit der Handfläche auf deren Knie, ein schneller, zarter, zurechtweisender Schlag, und schon lehnte sie wieder gelassen in ihrer Ecke.

Marisa öffnete die Augen und hörte auf zu singen.

»Du warst immer schon ein kluges Mädchen«, sagte sie, es sollte beiläufig klingen, aber der Satz fiel ihr wie ein scharfkantiger Stein aus dem Mund.

Auch August und Harry schwiegen jetzt. Trotz der Geräusche des dahineilenden Zuges breitete sich im Abteil Stille aus. Augen hingen blicklos in verschlossenen Gesichtern, plötzlich waren es Fremde, die wippend und sanft gerüttelt nebeneinander saßen und jede Berührung vermieden.

Eleonore verfolgte die Schwingungen eines Maisfeldes, das im Vorübergleiten des flachen Hügels, auf dessen Hang es sich befand, seine Ausdehnung zu verändern schien. Als öffne es seine Arme, dachte Eleonore. Auf einmal empfand sie das Schweigen um sie her als Last. Und wieder einmal tat sie, was ein unbezwingbares Verantwortungsgefühl von ihr verlangte. Wie immer, dachte sie, ich fühle mich wieder einmal genötigt. Sie griff nach ihrer Handtasche und zog ein Säckchen Honigbonbons hervor. Das Säckchen raschelte, als sie mit spitzen Fingern eines der runden gelben Bonbons hervorholte und es sich in den Mund schob. Dann streckte sie die andere Hand aus und ließ das Bonbonsäckchen einen Halbkreis beschreiben.

»Möchte jemand?« fragte sie mit vollem Mund übertrieben laut.

»Gib schon her«, murmelte Marisa, hielt Eleonores Hand fest und pickte mit langen, zyklamfarbenen Fingernägeln ein knallgelbes Honigbonbon aus dem Säckchen.

Das Schweigen schien jedoch unaufhebbar zu bleiben.

Warum soll ich es auch aufheben, warum gerade ich? dachte Eleonore. Alles möchte ich aufheben, tragen, ordnen. Warum stört mich das Schweigen, die plötzliche Fremdheit zwischen uns? Wir *sind* uns fremd, und höchstwahrscheinlich haben wir uns nichts zu sagen. Was haben wir einander denn gesagt, als wir jung waren? Doch nichts als Beschwörungen unserer eigenen Zukunft. Keiner hat je mit einem anderen geredet, jeder nur mit sich selbst, oder vielmehr mit dem erhofften künftigen Bild seiner selbst. Wir haben versucht, uns zu erschaffen, so, wie man uns später sehen sollte. Wir haben unseren Typus erforscht, geschult und geschliffen. Wir erhielten Rollen. Wir wurden besetzt. Wir kämpften darum, besetzt zu werden. Die Aufführungen der Schauspielschüler im alten Theatersaal mit dem knarrenden Gestühl schienen den Rest der Welt in sich aufzusaugen, Mittelpunkt allen Lebens zu sein. Bist du im nächsten Stück besetzt? war die Frage aller Fragen. Besetzt.

Daß sie laut gelacht hatte, merkte Eleonore erst, als August sie fragte: »Was erheitert dich?«

»Ist euch jemals aufgefallen«, erwiderte sie, »daß wir ein Leben lang darum gerungen haben, *besetzt* zu werden? Eben ist mir die Doppeldeutigkeit bewußt geworden, deshalb mußte ich lachen.«

Nur Marisa lachte kehlig auf, verschluckte sich an dem Bonbon und hustete ärgerlich. Die anderen hatten nur freudlos gelächelt. Hektor, mittlerweile erwacht, schüttelte leicht den Kopf und musterte Eleonore. Weder der Schlummer noch das Kopfschütteln hatten sein untadelig zurückfrisiertes Schläfenhaar zu erschüttern vermocht. Der perlgraue Anzug aus dünnem Flanell, den er trug, warf trotz aller geschmeidigen Hingeworfenheit seines Körpers nur Falten, die sorgsam arrangiert wirkten. Scheinbar machte aus unerfindlichen Gründen alles Drastisch-Menschliche vor ihm halt. Schweiß, Atem, warme zerknüllte Wäsche, Verwirrung in Haar oder Herz, alles undenkbar bei ihm, dachte Eleonore. Er war später zu ihnen gestoßen, als die Schauspielschüler ihres Jahrgangs einander schon einigermaßen vertraut geworden waren. Man hatte bereits die ersten Nächte miteinander durchgetrunken, in einer alten verkommenen Mietwohnung, die sich einer von ihnen leisten konnte und deren Fenster in die Kastanienbäume des Hinterhofes hinausführten. Sie hatten riesige Mengen Spaghetti gekocht und billigen Rotwein getrunken und diskutiert. Es waren Eleonores erste Erfahrungen auf dem Gebiet der »Diskussion« gewesen, und sie hatte sich sehr zurückhaltend benommen, aber aufmerksam zugehört und alles geglaubt. Nun, wo sie endlich ihr eigentliches Leben angetreten hatte, war ihre Bereitwilligkeit, alles um sich her zu bewundern, unermeßlich gewesen. Jedenfalls hielt sie es damals für ihr eigentliches Leben, sie selbst hatte es so benannt: ein *eigentliches* Leben. Die jungen Menschen um sie her, mit all ihren heftigen Meinungen, ihren blassen, von künstlerischem Drang wie aufgeriebenen Gesichtern, oh, welche Künstler die andern doch alle waren! Eleonore hatte vor soviel Überlegenheit sofort kapituliert. Wenn die erste morgendliche Helligkeit in das Laub der Kastanienbäume fiel, saß sie mit ihrem Rotweinglas auf dem Fensterbrett, lauschte den nicht erlahmenden Gesprächen und war glücklich. Ja, sie hatte ihr eigenes Stummsein als tiefes Glück empfunden, nur weil sie anwesend sein durfte, in Gesellschaft junger Künstler sein durfte, die auch alle aussahen wie Künstler. Das vor allem, hatte sie sich später gesagt, doch damals hatte sie jeden ausgeleierten, verwaschenen Pullover, jeden wirren Haarschopf, jedes übermüdet oder ein wenig hungrig wirkende Angesicht mit leisem Neid bewundert. Da hinein also war Hektor geprallt, im makellos sitzenden, dunkelblauen Blazer. Bübchen aus gutem Hause, murmelte man abschätzig, während er erbarmungslos gemustert wurde. Hektor hatte gelächelt, sein ungetrübtes, ein wenig verschmitztes Lächeln, und in kürzester Zeit alle Herzen gewonnen. Obwohl er seine tadellos gebügelten Hemden höchstens gegen einen teuren Kaschmirpullover auswechselte. Und obwohl seine Begabung schon damals als begrenzt galt. Er besaß Charme. Ein Begriff, der Eleonore damals zu begleiten begann. Wie die oft beschworene Sensibilität schien er zur Grundausstattung erfolgreicher Schauspieler zu gehören. Wehe jedem, dem gar beides fehlte.

Hektor jedenfalls war immer schon charmant gewesen, und deshalb konnte er bei mäßiger Begabung inmitten junger Existenzialisten in schmuddeligen, schwarzen Hemden piekfein gekleidet bleiben und dennoch geachtet werden.

Auch jetzt hatte Hektor das leichte Kopfschütteln und den trüb musternden Blick schnell in sein immerwährendes Lächeln umgewandelt.

»Du hast dich nicht verändert«, sagte er.

Du meine Güte, wie oft war dieser Satz bereits gefallen, seit sie zusammengetroffen waren, aber Eleonore bemühte sich, ebenfalls einen Schimmer von kommunikativem Charme zu entwickeln.

»Findest du?« fragte sie lächelnd, fand ihren nekkischen Ton aber unerträglich und ließ das Lächeln sofort wieder sein. Hektor jedoch wollte jetzt ein Gespräch führen, und das tat er so ungerührt, wie er zuvor geschlafen hatte. Er sprach laut und wandte sich an alle.

»Ich finde, wir haben uns alle nicht verändert«, sagte er, »ich erkenne jeden von euch auf bestürzende Weise wieder. Ja, schaut mich nicht so beleidigt an. In jungen Jahren dachte ich, o weia, die Alten, wie sie sich verändern, aber jetzt nichts davon. Ich war der erste am Bahnhof und habe euch alle der Reihe nach kommen sehen. Es war faszinierend. Mir war, als säße ich im Hof des Seminars und sähe euch durch das hohe Tor hereinkommen, jeder mit seiner unverwechselbaren Attitüde und keinen Hauch anders. Älter seid ihr alle geworden, aber nicht anders, Freunde.«

»Deprimierend«, sagte Marisa trocken.

Sie hat recht, dachte Eleonore, es wäre unsäglich deprimierend, wenn wir alle uns keinen Hauch verändert hätten.

»Das ist nicht wahr«, hörte sie sich jetzt mit Heftigkeit sagen. »Nur liegt das, was anders geworden ist, tiefer. Mag sein, daß man es nicht sieht, wenn wir vor dem Bahnhof aus dem Taxi steigen und unseren Koffer hereinschleppen, einander dann nach langer Zeit wieder einmal gegenüberstehen und nicht wissen, was wir eigentlich miteinander anfangen sollen. Aus purer Verzweiflung kramt da eben jeder seine stereotypen Posen hervor, aber der Wahrheit entsprechen sie nicht.«

»Eleonore und die Wahrheit!« rief Harry aus, wie sie es erwartet hatte. »Klingt wie der Titel eines Films und ist auch einer. Läuft ab seit unseren Jugendtagen, hat nicht an Vehemenz verloren, bewundernswert. Aber tut mit leid, du bist mir damit immer schon auf die Nerven gegangen.«

»Ich weiß«, sagte Eleonore mit dem Versuch eines Lächelns, dann gab sie auf und wandte sich zum Fenster. Wieder sah man das Meer, sah es am Ende schnurgerader Straßen zwischen flachen, rosagestrichenen Villen aufleuchten, wenn der Zug vorbeibrauste. Wie geschmolzenes Blei sieht es aus, das Meer, dachte Eleonore. Genauso zerrannen die kleinen Bleigegenstände – Töpfchen, Tiere, Häuschen – in dem großen heißen Löffel, den sie zu Silvester über die Herdflamme hatte halten dürfen, sie wurden langsam flüssig, lösten sich auf und gerieten zu einer silbernen Woge, geradeso wie das Meer da jetzt draußen wogte. Dann warf sie diese Woge in den Topf mit eiskaltem Wasser und erhielt ein monströses, gefiedertes Unding zurück, dem sie ihr Geschick im kommenden Jahr ablesen sollte. Nie hatte sie etwas Handfestes, Deutbares aus dem Wasser gefischt, ein Herz zum Beispiel – du wirst dich verlieben! – oder einen Vogel – du wirst wegfliegen, eine Reise! Immer hatte sie nur ein fasriges, wirres, brüchiges Gebilde in der Hand gehalten und sich gefragt, ob so ihre Zukunft aussehen würde.

Jemand rüttelte sanft an ihrem Arm. Erst als Eleonore sich daraufhin vom Fenster abwandte, nahm sie wahr, daß alle auf sie einsprachen.

Die laute, helle Stimme von Melanie setzte sich schließlich durch. »Harry ist ein gefühlloses Schwein. Bitte, nimm nicht ernst, was er dir da an den Kopf geworfen hat. Wenn schon nicht wir alle, er ist total das geblieben, was er war. Kein Wunder, wenn du in Theaterkreisen hörst, wie bösartig er seine Schauspieler behandelt, ein Menschenschinder, immer schon gewesen.«

Melanie hatte sich mit ihren Worten durchgesetzt, einer nach dem anderen war verstummt. Jetzt hing ihre Anklage über ihnen, flatterte wie ein Spruchband über ihren Köpfen. Melanie verschränkte ihre Arme unter den großen, weichen Brüsten und blickte geflissentlich aus dem Fenster. Harry saß ihr unbewegt gegenüber und sah sie durchdringend an. Seine Augen schienen heller geworden zu sein.

Es war August gewesen, der an Eleonores Arm gerüttelt hatte.

»Tut uns leid, Blume«, sagte er leise.

Mit all ihrer ordnenden Kraft schob sie das lastende Schweigen zwischen ihnen fort, in den Fahrtwind hinaus. »Macht doch nichts«, sagte sie. »Ich weiß, daß ich immer zuviel rede, zuviel von dem, was mir durch den Kopf geht; das sollte man wohl nicht.« Und während sie das sagte, dachte sie: Da tue ich es schon wieder, ich plappere, sprach aber trotzdem weiter. »Ich finde das schön, August, daß du mich Blume nennst, obwohl ich nichts mehr davon an mir habe. Auch als junges Mädchen habe ich mich eigentlich nicht so empfunden, für ein blumenhaftes Wesen war ich viel zu kräftig.«

Sie lachte und sehnte sich danach, daß jemand sie durch dieses Lachen begleiten möge. Als August schmunzelte, empfand sie Dankbarkeit. Es fiel ihr auf, wie blaß er war. Teigig blaß, mit einem feuchten Schimmer an den Haarwurzeln. Viel Haar hat er nicht mehr, dachte sie. Und er ist übergewichtig. Sieht aus wie einer, der frißt statt zu weinen. Es gibt viele, die so aussehen, im dicklichen Gesicht immer ein Zug von Verweintsein, die Augen gerötet und verwaschen, die Tränensäcke bläulich, wie überanstrengt vom Zurückhalten all dessen, was über dieses Gesicht fließen möchte, unaufhörlich.

Wie es ihm wohl ergangen ist in all der Zeit, dachte Eleonore und schaute, um ihn nicht auffällig zu mustern, aus dem Fenster. Er hatte es nicht gemocht, wenn man ihn unverwandt betrachtete, daran erinnerte sie sich. Einmal, in einer Pause zwischen den Übungen, waren sie einander im Konversationszimmer der Schule gegenübergesessen, beide rauchend. Und Eleonore hatte begonnen, ihn genauer anzusehen, sein damals klar geschnittenes Gesicht mit den taubengrauen Augen. Unauffällig, aber nicht unschön, hatte sie gedacht, das Haar ist ein wenig zu semmelfarben fahl, wenn er dunkle Haare hätte, würde er richtig gut aussehen. Und August war plötzlich hochgefahren, die Schläfen rot vor Zorn, und hatte geschrieen: *Starr mich nicht an, nicht so, ich mag das nicht!* Eleonore war erschrocken aufgestanden und hatte ihre Zigarette abgetötet, zitternd. Das ganze leere Zimmer um sie her schien zu zittern. Schließlich gelang es ihr, den Mund aufzumachen, und sie fragte August ohne Spott, wie er dann Schauspieler werden wolle? *Da wirst du angestarrt*, hatte sie gesagt, *ein Leben lang angestarrt, wenn du es in dem Beruf schaffst*. Und: *Hast recht, Blume!* hatte August gebrummt und versucht, ihr versöhnlich die Wange zu tätscheln, sichtlich selbst von seiner Fassungslosigkeit verwirrt.

Große gelbblühende Ginstersträucher, die bis zu den Bahngleisen wucherten, schwirrten dicht an Eleonores Augen vorbei. Hinter den Ginsterhalden ragten einige einsam gelegene Wohnblocks hoch, Betonburgen, von denen der Verputz bereits abbröckelte. Die kleinen Balkons mit den schäbigen Sonnensegeln und der zum Trocknen aufgehängten Wäsche sahen wie geschändete Nester aus. Sie näherten sich offensichtlich einer größeren Stadt.

Wie auf dem Servierbrett wird man in diesem Beruf herumgereicht, spann Eleonore ihren Gedanken weiter. Was, bitte, ist gefällig? Ist es so recht? Nein, so nicht, der Geschmack der Zeit hat sich geändert, also anders jetzt. Natürlich, man hat zu schmecken, man ist dazu da, gefressen zu werden, und wenn die Leute dich nicht mehr fressen wollen, au weia, was dann? Keine Lebensberechtigung mehr.

Eleonore fühlte, daß ihr heiß wurde, die Luft im Abteil war abgestanden. Aber auch ihre Gedanken zu dem Beruf, den sie als junges Mädchen mit so glühender Hingabe gewählt hatte, kamen ihr abgestanden und verbraucht vor. Mehr noch, der Beruf selbst umgab sie wie schlechter Geruch. Zu viel Schweiß und Bemühung auf beengtem, faulig nach Absicht und Anbiederung riechendem Raum. Mehr und mehr hatte die Schauspielerei ihr den Atem genommen und den Blick verstellt auf alles, was einfach lebte. Ob einer von den anderen hier wohl auch so dachte? Zumindest manchmal auch so dachte?

Auf die verstreuten Betonwohnblocks folgte jetzt ein ausgedehnter Stadtteil, der ausschließlich aus solchen mehrstöckigen, schlechtgebauten Gebäuden bestand, wabenartige Behausungen, Landschaften lehmfarbener Ödnis.

Marisa schnarchte leise. Sie schlief fest, obwohl am anderen Ende des Coupés erstaunlich heftig gesprochen wurde. Die Profile von Melanie und Harry zeichneten sich scharf gegen den wippenden, mit hellbraunen Rauten gemusterten Vorhang der Abteiltüre ab. Beide saßen sie leicht vorgebeugt, die Körper wie Waffen im Anschlag.

»Ich bleibe dabei: Menschenschinder!« stieß Melanie eben hervor. »Wenn es dich beleidigt, umso besser. Du kannst nur achten, was sich stark macht, dir mit Gegendruck antwortet. Der Rest ist Material. Heißt doch auch so bei dir, Schauspielermaterial, nicht wahr? Als Bübchen warst du schon so, ein ausbeuterisches, erfolgsgeiles Kerlchen. Und liegst gut damit in unseren Tagen. Sie machen sich ja selbst alle zu Knechten, unsere ganze hochgeehrte Kollegenschaft ist ein Haufen Speichellecker, und die weniger hochgeehrten lecken noch schamloser. Widerliche Opportunisten, alle, und willkommenes Futter für dich!«

»Was hat sie?« fragte Hektor lächelnd und verschränkte seine langen schmalen Finger über der Magengegend, als müsse er diese schützen. Melanie drehte ihm kurz den Kopf zu und sagte schroff: »Ich spreche auch über dich«, dann wandte sie sich sofort wieder Harry zu. Der aber fuhr jetzt hoch und schrie, er schrie so laut, daß Marisa aus ihrem Schlummer aufschreckte und »He-he-he« murmelte. Ihre begütigend gemeinten Laute gingen in Harrys Gegenschlag unter.

»Schöne Dame, jetzt aber genug damit!« schrie er mit messerscharfer Stimme aus einem weißlich gewordenen Mund. »Wie sehen Sie denn diese Chose für sich selbst? Was ist aus dir geworden? Ein angepaßtes

Sexsymbol, mit ein bißchen Klugkeit in die Fraulichkeit gemischt, aber ja nicht zuviel, Serienstar des heimischen Fernsehens, in den Gazetten als gute Mutter und Ehegattin gerühmt, du meine Güte, da bleibt mir die Luft weg vor so viel Verlogenheit. Ich hab dich gekannt, und deine Turnerei im Bikini, wenn es darum ging, Aufmerksamkeit zu erregen! Wo, schöne Dame, sind bei dir Stolz und Unantastbarkeit zu finden? Ich suche sie, ich suche sie vergeblich!«

Er faßte an Melanies resedafarbene Seidenbluse und machte Anstalten, ihr in den Ausschnitt zu spähen. Da schlug sie ihm mit einer solchen Vehemenz auf die Finger, daß es laut klatschte und er mit einem »Au!!« die Hand zurückzog, um die Beschaffenheit seiner Gelenke zu überprüfen. Alle im Abteil griffen jetzt in den so plötzlich eskalierten Streit ein. »Seid ihr verrückt geworden?« sagte Hektor und versuchte Melanie in den Polstersitz zurückzudrängen. August, der anfänglich amüsiert gewirkt hatte, schüttelte jetzt den Kopf, stand auf und öffnete die Türe des Abteils. Aus dem Gang wehte frische Luft herein. »Gott sei Dank«, flüsterte Eleonore und strich sich die Haare aus dem Gesicht. Marisa lachte plötzlich auf, ein kehliges, unverschämtes Lachen, und plärrte: »Alte Liebe rostet nicht!«, worauf keiner einging.

Stimmt, dachte Eleonore, die beiden waren damals lange ein Liebespaar. Anfangs hatten sie beneidenswert leidenschaftlich gewirkt, fiel ihr nun wieder ein.

Gemeinsam hatten sie eine Wohnung bezogen, mit einem durchgelegenen Sofa, über das alle Schüler witzelten. Jeder Besucher warf sich in die tiefe, weiche, fleckige Grube und sagte: *Ein Stück vom Glück.* O ja, wie sehr man vergaß. Melanie und Harry hatten aus der Höhe ihrer beständigen Umschlingung mitleidsvoll auf die Schar derer herabgelächelt, die von dieser ekstatischen Gnade ausgeschlossen waren, und prompt hatte Eleonore sich ärmlich und benachteiligt gefühlt.

Der Fahrtwind, der ins Abteil blies, bewegte die rötlichen Locken um Melanies unbewegtes Gesicht, das nun wieder so ruhig und golden aussah wie ein Pfirsich im Laub. Harry rieb noch immer seine gezüchtigten Finger und starrte vor sich hin. August war an eines der geöffneten Gangfenster getreten. Sein verschwitztes, hellblaues Hemd flatterte, und das schüttere Haar an seinem Hinterkopf wurde zerzaust. »Es zieht«, sagte Marisa seufzend, aber im stummen Protest gegen ihre Beschwerde sogen Hektor und Eleonore die wehende Luft noch tiefer ein.

Der Zug hatte wieder freies Land erreicht und fuhr zwischen Maisfeldern dahin. Eine Frau mit Strohhut winkte von einem Feldweg aus. Der nächste Schwall hoher Maisstauden verschluckte ihre Gebärde.

Marisa streckte sich und riß ihren zyklameroten Mund zu einem Gähnen auf, es klang wie das Stöhnen eines müden Tiers. Dann rappelte sie sich auf, holte die Umhängetasche aus dem Gepäcksnetz und wand ihren schweren Körper zwischen den Beinen der anderen aus dem Abteil hinaus. »Ich muß mal«, vergaß sie nicht mitzuteilen, was Melanie mit einem heftigen Seufzer quittierte.

Harry nutzte Marisas Abwesenheit, den Platz zu wechseln, und setzte sich ans Fenster. »Nur, solange sie weg ist«, sagte er grinsend zu Eleonore, während er seine Beine vorsichtig neben den ihren plazierte. Sein Gesicht war immer noch bleich, er hatte sich noch nicht gefaßt. Offensichtlich nahm er nichts von dem wahr, was vor dem Fenster an ihm vorbeiflog. Sie schaute ihn an. Als junges Mädchen hatte sie ihn gefürchtet, sich seiner erwachsenen Männlichkeit und seinem Zynismus wehrlos ausgesetzt gefühlt. Wenn er sie ansprach, blieben ihr die kämpferischen Worte im Hals stecken, und oft fiel ihr erst viel später ein, was sie hätte sagen sollen, um ihn zu treffen, und sie fühlte sich auf ärgerliche Weise beschämt. Deshalb mied sie ihn, und in den Jahren an der Schauspielschule hatte es zwischen ihnen kaum Kontakte gegeben. Zu einer beruflichen Zusammenarbeit war es später nie gekommen. Freilich hatte Eleonore immer wieder von seinen spektakulären Regieerfolgen gehört, seltsamerweise jedoch nie die Lust verspürt, sich selbst ein Urteil darüber zu bilden.

»Ich hab nie was von dir gesehen«, sagte sie unvermittelt zu Harry, von ihrer eigenen Kühnheit überrascht. Er schien aus anderen Überlegungen aufzutauchen und wandte sich Eleonore mit trüb blinzelnden Augen zu. Plötzlich aber wurde sein Blick wieder blitzend klar.

»Dein Fehler«, antwortete er. »Von dir hab ich aber auch nur selten gehört, und wenn, dann komische Sachen. Die Schauspielerei – oder das, was am Theater an Erneuerung und an Aufregendem vor sich geht – hat dich anscheinend immer am wenigsten interessiert.«

Jetzt steht er wieder auf festem Grund, dachte Eleonore, ich sollte mich hüten.

»Das stimmt ein wenig, aber nicht ganz«, sagte sie trotzdem. Sie bemühte sich um heitere Gelassenheit, was jedoch nur dazu führte, daß ihre Stimme zu hoch und zu spitz klang, bei ihr untrügliches Indiz für Unsicherheit. »Weißt du, nachdem ich den Kampf um eine Basis an Professionalität gewonnen hatte, nachdem mir also meine Mittel einigermaßen zur Verfügung standen, begann ich mich zu fragen, was dieser Beruf soll. Daß ich eine Rolle nach der anderen spiele, und so bis an mein Lebensende?«

»Was sonst tust du bis an dein Lebensende?« warf Harry lachend ein. »Was sonst tun wir alle bis an unser Lebensende? Rollen spielen. Sieh dir unsere Gesellschaft an. Jede kleine Büromaus spielt abends in der Disko den gefragten Typ, jeder Computerfachmann spielt Glanz und Gloria und Hightech, und sei er ein noch so kleines Würmchen. Wer geht denn noch aus dem Haus, ohne etwas vorzuspielen, eine Rolle zu spielen, es der Welt zu zeigen – nicht etwa sich selbst, sondern seine Lüge?« Er lehnte sich jetzt behaglich zurück, von Gesellschaftskritik wohlig durchatmet.

»Und welche Rolle spielst du?« fragte Eleonore. Wie sinnlos, dachte sie, wieder meine fundamentalistischen Versuche. Das sagte man ihr oft: Du bist so fundamentalistisch, so selbstgerecht, so ohne Toleranz, laß die Menschen doch leben wie sie wollen. Sie hatte sich an diesen Vorwurf bereits so gewöhnt, daß sie ihn sich selbst ständig machte. Aus Harrys Gesicht war mittlerweile jede Blässe gewichen, es glänzte braun und breit.

»Ich? Ich spiele den genialen Regisseur, was sonst?« Wieder lachte er. »Und ich frage mich nicht, was das Ganze soll – ich gebe die Antworten, meine Liebe! Und sage, was sein soll. Ich entwerfe meine Bilder, und die anderen haben gefälligst zu fressen, was ich ihnen vorsetze. Und sie tun's. Sie fressen mir aus der Hand.«

Eleonore preßte ihre Schenkel unter dem Rock heftig zusammen und die Hände auf dem Schoß ebenso. Nun war sie es, die aus dem Fenster starrte, ohne draußen das mindeste wahrzunehmen. Dann bot sie Harry ihr Gesicht wieder als Angriffsfläche dar. Wieder einmal so ein Punkt, dachte sie, wo ich den Mund nicht halten kann. Ich werde mich fürchterlich aufregen, und er wird sagen: Ach Gott, unsere Eleonore und die Wahrheit.

»Das ist nicht wahr«, sagte sie. »Du gibst keine Antwort. Du beutest aus, was auf der Hand liegt. Du schaust der Welt auf ihr plattes Maul, verbrämst mit kritisch eingefärbtem Opportunismus, sparst nicht an erlesener Verpackung und verkaufst das Ganze dem Kulturbetrieb, diesem Supermarkt für herabgekommene, trivialisierte Geisteswelten. Wenn du also glaubst, ehrlich und erfrischend zynisch zu sein, dann behaupte nicht, daß du bestimmen würdest, was am Theater zu sein hat, und daß dir irgend jemand aus der Hand fräße. Du biederst dich an, mein Lieber, du verkaufst dich bis unters Hemd. Nicht nur der Computerfachmann ist ein Würstchen, auch du bist eins.«

Harry fixierte sie einen Moment lang, dann begann er gellend zu lachen. Eleonore legte ihren Kopf an die Rückenlehne. Wieder einmal habe ich mich selbst der Ruhe beraubt, dachte sie, habe ohne lange zu zögern den Kampf aufgenommen, wozu? Sie hatte einen bitteren Geschmack im Mund.

Ihr gegenüber lockerte Hektor indigniert seine Krawatte.

»Was habt ihr beiden denn, um Gottes willen?« brummte er dann. »Ich bitte inständigst: keine zeitkritischen Auseinandersetzungen. Wir werden noch eine Weile aufeinander angewiesen bleiben, und so halte ich das bestimmt nicht aus. Also bitte.«

Eleonore war schon bereit, sich scherzhaft bei ihm zu entschuldigen und damit ihre ernsten Äußerungen wieder zu verwischen, da schnellte Melanies klare Stimme hervor wie eine Peitsche.

»Ob du das aushältst oder nicht, mein lieber Hektor, tut leider nichts zur Sache. Sie hat weitgehend die Wahrheit gesagt, unsere Eleonore, und das tut weh, nicht wahr?«

Sie beugte sich vor und wandte ihr Gesicht Harry so aufreizend zu, als böte sie es plötzlich nackt dar. Nackter Haß? fragte sich Eleonore. Oder was sonst reißt diesen gepflegten, geschonten Zügen auf einmal jede Maske ab? Melanies Gesicht war ihr plötzlich peinlich. Draußen wirbelte gerade ein Feld mit hohen, dunkelgrünen Kohlstauden vorüber, dahinter ein paar halbverfallene Steinhäuschen. Eine angepflockte Ziege wandte mit hochmütigem Blick langsam den Kopf, ehe sie wieder entschwand.

Harry schrie jetzt.

»Weiber! Sobald es um Dummheiten geht, seid ihr einträchtig. Wenn sich effektive Fragen stellen, schmollt eine jede in ihrem Winkel. Über jemanden herfallen, das beflügelt euren Gemeinschaftssinn! Aber wo seid ihr, wenn es gilt, konstruktiv zusammenzuarbeiten? Unauffindbar!«

»Sprich du ja nicht über Frauen«, zischte Melanie zurück. »Da hattest du schon immer eine echte Bildungslücke, und wie ich höre, hast du nichts dazugelernt.«

Hektor, der zwischen beiden saß, hielt sich die Ohren zu und stöhnte: »Wenn das so weitergeht, springe ich ab, dann macht diese Reise bitte ohne mich.«

August hatte jetzt seinen Platz am Gangfenster verlassen und stand in der Türe des Abteils. Fragend sah er Eleonore an, die ihm aber nur mit einem hilflosen Schulterzucken und einem dünnen Lächeln antworten konnte. Harry schrie weiter.

»Ach Gott, wie konnte ich das vergessen! Von Frauen muß man ja etwas verstehen! Das bedarf der Bildung, ein Schnellkursus reicht natürlich nicht, man muß sich diesem Studium hingeben! Erst dann darf man vielleicht, aber nur vielleicht, ein Wörtchen mitreden. Frauen! Nicht Weiber, ist doch selbstverständlich, ich habe die Rüge wohl vernommen! Aber tut mir leid, ich verstehe nichts von Frauen und werde es auch so halten bis ans Ende meiner Tage. Ich bumse sie gerne, und manchmal schaue ich sie gerne an. Weibliches Gedankengut kann mich. Kommt sowieso nur aus ihrer Fotze, und –«

»Es reicht«, sagte August. Er trat ins Abteil und schloß die Tür hinter sich, blieb jedoch aufrecht stehen. Melanie hatte sich, einen zufriedenen Purpurschimmer auf den sanften Wangen, in ihre Ecke zurückgeschmiegt. Offenbar hatte sie erreicht, wonach ihre Unruhe verlangt hatte. Hektor war von seiner wohlgeordneten Eleganz für einen Moment abgewichen und hatte Harry einen derben Schubs versetzt. Jetzt saß er kerzengerade da und schaute beunruhigt zu August auf. »Wahnsinnige!« beschwerte er sich. »Ich sage euch nochmals, wenn es so weitergeht, dann bitte ohne mich. Mit Vergangenheitsbewältigung hat das hier für mich nichts zu tun. Ich bin auf dem Wege zu einer Fernsehdokumentation, die zwar uns allen gilt, mit der ich aber nur so viel oder so wenig zu tun habe wie mit der Öffentlichkeit überhaupt. Sollen sie ihr nettes Portrait von mir haben, innerhalb eines Gruppenbildes gealterter Pseudostars. Soll das Publikum die rührenden kleinen Geschichten aus der Jugendzeit ihrer verbrauchten Lieblinge hören, dreier Pärchen meinetwegen – ich mache das Ganze ja nicht umsonst, wie ich prinzipiell nichts umsonst mache. Die Gage stimmt. Ich dachte, die Reise würde hübsch. Aber so nicht, meine Lieben.«

Mit Schwung ging die Abteiltür auf, und die zurückgekehrte Marisa, nun mit einem blutroten Seidentuch und einer großen Sonnenbrille ausstaffiert, prallte gegen Augusts Rücken. »Hoppla«, rief sie nur und hob gleich darauf witternd die weißgepuderte, wie frisch gekalkt wirkende Nase.

»War etwas?«

Niemand antwortete, nur Melanie schnaubte leise auf. Hektor lehnte sich zurück, und August nahm neben Eleonore Platz. Als Harry Anstalten machte, Marisa wieder die Fensterecke zu überlassen, hinderte sie ihn daran mit einem herrischen: »Bleib, wo du bist!« Mit verschnürtem Gesicht sank er wieder in den Sitz zurück.

Ohne die Türe zu schließen, setzte sich Marisa neben den flatternden rautengemusterten Vorhang, hielt ihn nur ein wenig zur Seite. Auch im Schutz der Sonnenbrille war zu erkennen, daß sie Melanie aufmerksam musterte, jede Linie ihres Gesichts verriet sie. Die schwarzbestrumpften Beine hatte sie übereinandergeschlagen, und ihr frei wippender Fuß näherte sich gefährlich Melanies runden, weich aneinandergeschmiegten Knien. Melanie übersah die drohende Schuhspitze geflissentlich. Im Abteil herrschte Stille, Schläfrigkeit machte sich breit.

Die Ruhe nach dem Sturm. Es war Eleonore nicht gelungen, diesen Satz nicht zu denken, und wie immer, wenn ihre Gedanken in vorgefaßte Sätze schlüpften, stimmte sie das ärgerlich. Wie schön war doch die Zeit, als noch alle Sätze neu waren. Eine Platanenallee mit sandiger Fahrspur begleitete jetzt die Bahngleise. Eleonore versuchte sich an die frühesten Sätze ihres Lebens zu erinnern, die für ihre Ohren so rein geklungen hatten. *Vom Himmel hoch, da komm ich her*, zum Beispiel. Sie hatte zu Weihnachten in der Volksschule einen Engel spielen müssen und dafür ein Gedicht auswendig gelernt, das so begann. *Vom Himmel hoch, da komm ich her.* Die Regieanweisung der Lehrerin war nicht sehr differenziert gewesen: Sprich so laut, daß deine Mutter dich durch drei Zimmer hören kann, das mußt du daheim üben. Sie hatten daheim keine drei Zimmer gehabt, also stand sie auf dem kleinen Klopfbalkon und brüllte ihrer Mutter, die sich in der Küche aufhalten mußte, *Vom Himmel hoch, da komm ich her* zu, bis ihre Mutter versicherte, sie verstanden zu haben. Aber während sie brüllte, genoß sie die Schönheit des Himmelssatzes, noch nie gehört, noch nie gedacht, noch nie gewußt. Oder: *Wenn auf Capri die rote Sonne im Meer versinkt.* Wie hatte dieser Satz sie beeindruckt, die erste Zeile eines der ersten Schlager, den sie gesungen und wahrgenommen hatte. Capri. Was für ein Wort. Und das Meer, sie hatte es noch nicht gesehen, nur bereits ein Gefühl dafür gehabt, ein ahnendes Wissen davon, nur weil es so klang: Meer. Und in einem Volkslied blieb diese Zeile ihr Lieblingssatz: *Der Sommer bringt Klee.* Das war der Inbegriff von sommerlicher Üppigkeit, schien ihr, eine Wiese voll blühendem Klee. *Der Sommer bringt Klee*, ja.

À propos das Wort: bringt. Als sie zum ersten Mal *Das bringt mich auf die Palme!* gehört hatte – von einer Tante väterlicherseits, Tante Olli genannt, wie hieß sie wirklich? – , war sie begeistert gewesen. *Das bringt mich auf die Palme.* Wie das den Zorn hochsteigen und erblühen ließ, ein Dschungel von Empörung, was für ein Entzücken, wenn Tante Olli sich ärgern mußte und mit hochroten Wangen diesen Satz ausstieß. Tante Olli hatte übrigens ihre Liebe zum Theater geweckt, denn sie war die erste, die Eleonore dorthin mitnahm. Vornehmlich sah Tante Olli Operetten, und daher stammte ein weiterer Satz, der Eleonore überwältigt hatte: *Meine Arme sind schmiegsam und weiß.* Die wohlbeleibte Sängerin, die diese Zeile inbrünstig sang, breitete sehr dicke und bleiche, entblößte Arme aus, und in Eleonores kindliche Seele sank tief und unauslöschlich ein, was schmiegsame und weiße Arme waren. Da Tante Olli jedoch auch hier empört geflüstert hatte: *Die bringt mich auf die Palme!* durfte Eleonore gleich zweien ihrer Lieblingssätze lauschen.

Die Platanenallee neben den Bahngleisen schwang jetzt davon und verlor sich. Eine Hügelkette rückte heran, von kleinen Weingärten und armseligen Blechhütten zerteilt. Im wogenden Gras lagen Autowracks und Müllberge, Kinder und Tiere spielten auf staubigen Vorplätzen. Wer haust hier? dachte Eleonore. Auf einmal Armut in dieser reichbedachten Landschaft.

»Favelas«, brummte Harry mürrisch und deutete mit dem Kinn nach draußen.

»Hier?« fragte Eleonore, aber glücklicherweise verhallte ihre Frage unbeachtet. Nur ruhig, befahl sie sich, ja keine Funken schlagen, alles hier ist brennbar.

Die armseligen Hütten und buntbehangenen Wäscheleinen flogen jetzt ganz nahe am Fenster vorbei, ein lachendes halbwüchsiges Mädchen warf sich einen violetten Rock über den Kopf, darunter sah man ihre dünnen Beine und ein schmutziges Höschen.

August hustete plötzlich und räusperte sich danach

eine Weile, in seiner Kehle schien Unruhe zu herrschen. Während Eleonore diese kleine Unpäßlichkeit diskret zu übergehen versuchte, brummte Marisa ungehalten: »Na, was ist?«

»Was soll sein?« krächzte August. »Ich huste.«

»Hustest du öfter so?«

»Nein.«

»Warum jetzt?«

»Bitte?«

»Ja, warum jetzt? Denke drüber nach, man hustet nie umsonst.«

Der Funke, den Eleonore vermeiden wollte, war gefallen, mitten in das Schweigen hinein, die auflodernde Stichflamme aber bestand aus wildem Gelächter. Wir sind alle ein wenig zu laut, dachte Eleonore, aber auch sie mußte sich Tränen von den Wangen wischen vor Lachen. Eine prasselnde, erlösende Heiterkeit wehte durch das Abteil, schallte hinaus in den zugigen Gang des Waggons.

»Man hustet nie umsonst«, stöhnte Harry, »sie ist unschlagbar!«

Sogar Marisa selbst hatte nach kurzem Staunen über die Wirkung ihrer Worte die schneeweiße Kehle zurückgebogen und zwischen ihren großen, blanken Zähnen röhrte es dunkel hervor. August, noch immer hustend, schüttelte sich vor Lachen und suchte in seiner Hosentasche nach einem Taschentuch. Wie Farne im Wind bogen sich die sechs Menschen vor Lachen.

Schließlich kühlte Eleonore ihre heiße Schläfe an der Fensterscheibe und rieb sich mit den Fingerspitzen die herabgeflossene Wimperntusche aus dem Gesicht. Auch die anderen beruhigten sich allmählich, nur noch vereinzelt kam es zu kurzen Eruptionen hektischen Gelächters. Während Eleonore in den runden kleinen Spiegel ihrer Puderdose starrte und mit dem flachen Pölsterchen ihre Nasenflügel und Tränensäcke sanft bestäubte, kam sie zu dem Schluß, daß sie lange nicht mehr so heftig und erschütternd gelacht hatte, so aus tiefen Quellen. Warum eigentlich, dachte sie, warum wird so selten von Herzen gelacht? Von Herzen. Auch so ein verbrauchter Begriff, und doch hätte sie so gerne mehr von Herzen gelacht und von Herzen gelebt. Dies war einer der Gründe, warum sie Schauspielerin geworden war. Um das Leben zu intensivieren, es aus dem Innersten zu leben. Wenn man von Herzen spielt, hatte sie gedacht, lebt man auch so. Was für ein rührender Gedanke, aber sie alle waren damals in dieser Weise rührend gewesen, von der Empfindung erfüllt, zu den Auserwählten zu gehören, denen alle Großartigkeiten des Erdenlebens vorausbestimmt sind. Nichts Rührenderes als junge Schauspieler. Mehr als andere junge Menschen werden sie für sich selbst zum Zentrum eines die übrige Welt durchzitternden Geschehens. Der Atem der Geschichte wird Staub vor den eigenen Atemübungen, die Nachrichten von Massenmord und Krieg, politischen Katastrophen, Hungersnöten gleiten wie Sand durch das Sieb der persönlichen Bestimmung. Es gibt nur das vorgegebene, das anbefohlene Leid. Aber dann, welche Schreie! Sie dachte an das markerschütternde Gebrüll zurück, welches die Stunden erfüllt hatte, in denen sie die sogenannten »stummen Szenen« darboten, eine vom mittlerweile als altmodisch eingestuften Lehrmeister Stanislawski befohlene Übung. Man sollte sich ein Geschehen ausdenken, welches ohne Worte, allein durch Überzeugungskraft des inneren Ausdrucks, dem Zusehenden einsichtig werden sollte. Da kam also typischerweise ein heiterer, jedenfalls ahnungsloser Mensch des Wegs, gern trällernd oder pfeifend, aha, ein Brief lag auf dem Tisch, der Mensch griff unbesorgt danach, setzte sich gemütlich, öffnete ihn. Und nun das ausbrechende Entsetzen! Man erfuhr natürlich nie präzise, was in all diesen Briefen stand, wohl aber einiges von der Stimmgewalt des Jungschauspielers und von seiner Fähigkeit zur Selbstaufgabe. Gott, wurde da geschrieen. Die zusehenden Schüler hatten im Laufe der Studien gelernt, sich rechtzeitig, wenn der Höhepunkt des Entsetzens nahte, die Ohren zuzuhalten, es war meist absehbar, wann die stumme Szene sich zum tierischen Schrei verdichten mußte. »Jetzt kommt er«, hatte August dann leise gestöhnt, die Arme um den Kopf gelegt und in sich verkrochen. Und Eleonore war es oft nicht gelungen, ihr Kichern zu unterdrücken.

Aus Protest hatten sie einmal gemeinsam eine stumme Szene verabredet. Da waren sie beide auf der Studiobühne des Weges gekommen, so trällernd und ahnungslos wie nur möglich, den dunklen Schlag des Schicksals über sich. Sie hatten einander, stumm natürlich, auf den lauernden Brief aufmerksam gemacht, und die gelangweilten Schüler im Auditorium seufzten bereits vor Unbehagen über den herannahenden akustischen Tumult. Sie beide spielten gekonnt höchste Überraschung, als Vorläufer eines unausweichlichen Schicksalsschlages – und dann begannen sie gellend zu lachen! Die Überraschung gelang, ein ansteckendes, wildes Lachen erfüllte den Übungsraum im alten Palais, wie vor einigen Minuten hier das Zugabteil.

Weich vor Erinnerung und Gesprächslust wandte Eleonore sich August zu. Weißt du noch, wollte sie sagen, weißt du noch unsere stumme Szene, als wir …

Aber August lehnte mit geschlossenen Augen neben ihr. Wahrscheinlich schlief er nicht, dazu war sein Gesichtsausdruck zu beherrscht. Er hatte den Vorhang seiner Augenlider zugezogen und sich abgegrenzt. Schade, dachte Eleonore. Bilder erfüllten sie bis in die Fingerspitzen, und er, August, trat aus ihnen hervor, als hätten sich ihre Gedanken ihm genähert wie der Zoom einer Kamera, bis hin zur Großaufnahme. Sie hatte gar nicht gewußt, daß er jemals, irgendwann in ihrem Leben, diese Größe besessen hatte, daß sie so sehr Anteil an ihm genommen hatte. Er war zu ruhig gewesen, zu abgegrenzt inmitten der theatralischen und leichtfertigen Umarmungen der Schauspielerfreundschaften, damals schon. Er fiel nicht auf. Vielleicht war ihr deshalb nie aufgefallen, daß sie auffällig viel Zeit miteinander verbracht hatten.

Ich spiele mit Worten, wies Eleonore sich zurecht, wissend, daß sie oft in Wortspiele floh, wenn es galt, sich Überlegungen zu entziehen.

Der Himmel über der vorbeiziehenden Landschaft hatte sich mit Wolken bedeckt, die schwer und mehlig das Blau zerteilten. Der Zug fuhr jetzt durch welliges Feldland, die Farben von Mais und Hafer erloschen im Schwinden der Sonne. Nur in der Ferne, über dem zu erahnenden Meer, schimmerte Helligkeit.

Eleonore entsann sich der Abendhimmel hinter dem Geäst der Parkbäume, die das Palais umstanden hatten. Bei föhniger Witterung ein Glühen des Gewölks, Schwaden aus dunklem Rosa, Ausblicke in das Gold einer ewigen Seligkeit wie auf Heiligenbildern, und über allem das schwarze Gitterwerk der Baumkronen. Sie sah sich in einem der großen Übungsräume sitzen, allein, mitten auf dem alten Parkettboden, die Knie angezogen und von beiden Armen umschlungen, und durch die hohen Bogenfenster hinausschauen. Man konnte eines dieser riesigen altertümlichen Zimmer, in deren Ecken gewaltige weiße Kachelöfen dämmerten, für einige Stunden alleine in Beschlag nehmen, wenn man es am Vortag bei der Sekretärin reserviert hatte. Sekretärin. Was für ein Wort für die kleine ältliche Frau, der das dunkle kurzgeschnittene Haar um das Gesicht hing wie ein unverrückbares Dach unter dem Giebel ihres strengen Scheitels. Eine gutmütige Person, nur nicht mehr zu verführen. Generationen von Schauspielerzöglingen hatten sie gegen jede Form von origineller Nekkerei oder Emphase immun werden lassen. Zwickte sie ein unwiderstehlicher Jüngling durch den formlosen Tweedrock hindurch in den Hintern, sah sie ihn so kühl an, daß er fror. Und als ihr einmal eine blonde, ephebische Schülerin mit tränenüberströmtem Gesicht um den Hals gefallen war und gestöhnt hatte: »Frau Lini, ich sterbe«, da schob Frau Lini sie nur weg und sagte: »Tu's!«

Diese Frau Lini notierte mit Bleistift in ein schwarzgebundenes Buch, wer zu welcher Stunde einen der Übungsräume reservierte. Und sie, Eleonore, hatte unaufhörlich, täglich, einen beansprucht. Was für ein Unterschied zu ihren kindlichen Übungen auf dem Klopfbalkon. Sie, in deren elterlicher Wohnung es nicht jene drei Zimmer gegeben hatte, durch die sie hätte hindurchbrüllen können, konnte hier für sich allein Säle benutzen.

Wann immer Eleonore an jene fürstlichen Räume zurückdachte, die ihr ganz gehörten, solange sie sich in ihnen aufhielt, breitete sich stille Glückseligkeit in ihr aus. Sie hatte dort nicht sehr viel geübt, sondern vornehmlich ihre grandiose Einsamkeit genossen. Zum ersten Mal quälte Einsamkeit sie nicht, vielmehr fühlte sich von ihr gekrönt. Es wäre ihr blasphemisch erschienen, Stimmübungen zu machen oder Textstellen laut zu sprechen, nein, hier nicht. Hier war Innenraum, kein Ort für Äußerung.

Schon damals also, dachte Eleonore, erstaunt darüber, wie spät ihr diese Einsicht kam, schon damals, als ich mich diesem Beruf leidenschaftlich hinzugeben meinte, suchte ich mein Heil woanders.

Ein Schwall blühender Akazien wischte vorbei, so nahe, daß der Zug sie fast streifte. Überall auf der Welt gedeihen sie an Bahnlinien anscheinend besonders gut, dachte Eleonore. Dort, wo sie aufgewachsen war, hatten sich Akazienbäume an den Vorortegeleisen entlanggedrängt, und ihr süßer, müder Geruch war für sie eins geworden mit der Traurigkeit allein verbrachter Nachmittage.

Wieder wölbten sich einige Bäume, weiß von Blütenbüscheln übersät, kurz und unwiderruflich dem Abteilfenster entgegen, ehe sie davonstürzten. Auch im Vorhof des Palais hatte ein alter, großer Akazienbaum gestanden, fiel Eleonore ein. Wenn er im Verblühen war und es aus seinem Geäst stäubte und rieselte, wurde die Intensität seines Geruchs fast unerträglich. *Dieser Baum stinkt*, hatte August einmal gesagt und ihn sinnend betrachtet, *er stinkt wie jede Übertreibung*. Und sie, Eleonore, hatte sich sofort verpflichtet gefühlt, den Baum zu verteidigen: *Nein, er stinkt nicht, er riecht nach Schmerz, und das kannst du nicht vertragen.*

An einem schwülen, grauen Mittag war das gewesen, Eleonore sah noch genau die ungeduldige Geste vor sich, mit der sich August die Schweißperlen von der Oberlippe gewischt hatte. *Du bist mindestens so übertrieben wie dieser Baum*, hatte er im Weitergehen gesagt und kurz zu ihr herübergelächelt, um das Gespräch zu beenden. Sie selbst aber hatte noch lange darüber nachgedacht, ob er etwa auf den Geruch anspielen wollte, der von ihr ausging. So unsicher war sie sich damals ihrer Körperlichkeit gewesen, sich nie darüber im klaren, ob Fleisch und Blut zu ihrem Wesen gehörten oder nur eine unrühmliche Belastung darstellten. Sich in ihrer Haut wohlfühlen konnte sie nur, wenn sie vergaß, wie sie aussah. Jede distanzierte Betrachtung des eigenen Körpers verwirrte sie.

Sehr viel hat sich da nicht verändert, dachte Eleonore, ich habe nur gelernt, zu vergessen, wie ich aussehe. So wenig darüber nachzudenken, daß es mir schließlich gleichgültig geworden ist.

Immer noch saß August mit geschlossenen Augen da. Ob ich ihm wohl gefallen habe? fragte sie sich. Waren wir damals in der Lage, einander zu gefallen? Konnten wir überhaupt sehen, mit unseren ausschließlich auf das eigene Abbild gerichteten Augen? Waren wir denn nicht blind für jeden menschlichen Ausdruck, da wir nur nach Ausdruck rangen, der möglichst menschenähnlich sein sollte? Wir starrten einander wohl ähnlich wahrnehmungslos an, wie ein Forscher die Blüte anstarrt, an der er Samenfäden zählt, statt sie zu betrachten. Uns gefiel, was offensichtlich und imitierbar war. Typen gefielen uns. Nachzuvollziehende menschliche Symptome, auch im Optischen. Wenn erklärt wurde, dieser oder jene sei geheimnisvoll, dann mußte auch das eine geheimnislose, durchschaubare und imitierbare Eigenschaft sein, wie sonst sollte man geheimnisvolle Menschen darstellen?

Ein Gegenzug mit nur wenigen Waggons schoß vorbei, und dieses Getöse bewog August, schnell und ein wenig erschrocken die Augen zu öffnen. Er geriet in Eleonores Blick.

»Du grübelst, Blume«, sagte er und richtete sich ein wenig auf. Er wirkte, als ziehe er seinen breiten, teigigen Körper näher an sich, balle ihn gleichsam. Auf seiner Oberlippe standen Schweißperlen, wie damals unter dem Akazienbaum.

»Ich denke darüber nach, ob wir einander jemals gefallen haben.«

Die unbedachte Kühnheit ließ eine leichte Röte in Eleonores Gesicht steigen, jedoch erst, als August sie erstaunt musterte.

»Du meinst – wir beide?« fragte er und schaute sie an.

Das habe ich jetzt davon, dachte Eleonore, dieser Blick seziert mich. Sieht mich so, wie ich heute aussehe, Schleppen unter meinen Augen, Ausläufer von Schmerz und Tränen, die vorübergezogen sind, verblühte Hoffnungen auf der Haut, all das. Und ich wollte ihn zurückschauen lassen auf unsere unbeschriebene Jugend, als es noch keinen Schriftzug auf den Gesichtern gab und sie alle vor Leere glänzten.

August kratzte sich am Kopf, bis sein dünn gewordenes Haar wirr abstand. Aber er hörte nicht auf, Eleonore zu mustern. Sie wußte, daß sich die Röte ihrer Wangen vertiefte, und es irritierte sie. Andererseits wollte sie seinem Blick auf keinen Fall ausweichen, soll er doch sehen, was es zu sehen gibt. Schließlich beschloß August zu lächeln.

»Du meinst, ob du mir gefallen hast. Das möchtest du wissen, oder?«

»Nicht nur«, erwiderte Eleonore, »ich möchte auch wissen, ob du mir gefallen hast. Ob wir fähig waren, Gefallen aneinander zu finden. Ob wir dazu nicht viel zu selbstgefällig waren.«

»Du gefällst mir jetzt recht gut«, sagte August trocken. »Wenn du mich schon dazu nötigst, dich etwas genauer anzuschauen. Ja, du gefällst mir. Du hast an deinem Gesicht nicht vorbeigelebt.«

»Ich spreche von damals«, sagte Eleonore. »Ich habe zurückgedacht, und vieles fällt mir wieder ein. Mir ist eingefallen, wieviel Zeit wir beide miteinander verbracht haben, erstaunlich viel Zeit für gleichgültige junge Leute. War ich dir gleichgültig? Du warst mir sicher nie gleichgültig, ich habe dich nur nicht bedacht. Ich glaube, ich war gerne in deiner Nähe.«

August schwieg und starrte jetzt an Eleonore vorbei aus dem Fenster. Er schien ernsthaft nachzudenken. Es war still im Abteil. Alle anderen lehnten mit geschlossenen Augen in den Polstersitzen, niemand schien das Gespräch verfolgt zu haben.

August fuhr sich mit beiden Händen über das Gesicht, rieb seine Augen, glättete sein Haar und schüttelte dann den Kopf, als gelte es, energisch alles abzuschütteln, was darin nisten wollte.

»Was weiß ich.« Es klang wie ein müdes Knurren. »Du warst ein bißchen zu mollig, deine Augen waren wie Saugnäpfe, sie wollten alles wissen, den Dingen auf den Grund gehen, und das hat mich ab und zu auf die Palme gebracht.« Oh, mein Lieblingssatz, dachte Eleonore automatisch. »Aber zugleich mochte ich es gern, glaube ich. Wie auch immer, alles ist verschwommen.«

Er schwieg eine Weile, dann wiederholte er: »Ja, alles ist verschwommen«, als gäbe ihm dieser kleine Satz Auskunft über Größeres, Wesentlicheres. »Davongeschwommen«, murmelte er noch und schloß wieder die Augen.

Eleonore betrachtete ihn wie eine Türe, hinter

der soeben jemand verschwindet. Dann schweifte ihr Blick weiter.

Marisa schlief fest, die Zyklamenlippen geöffnet, Sonnenbrille und rotes Seidentuch verrutscht, ein desolater Anblick.

Melanie hingegen schlummerte unantastbar, die Arme unter der Brust verschränkt, die geschlossenen Lider glänzend wie Kastanien.

Hektors Gesicht hing ein wenig zur Seite, doch selbst seine Schlafverlorenheit war ohne Makel. Sanft gefaltet ruhten die langgliedrigen Hände auf seinem Schoß.

Und zuletzt Harry, ihr gegenüber. Mit aufgestütztem Arm hatte er sein Gesicht in der Handfläche verborgen, nur der Mund und das Kinn, beide wie im Grimm geschürzt, waren zu sehen.

Auch Eleonore lehnte sich jetzt tiefer in ihren Sitz zurück und schaute wieder hinaus in das vorbeiziehende Land. Die Wolkendecke hatte sich mittlerweile wieder gelockert, große Flecken tiefblauen Himmels breiteten sich aus.

Das Meer war hinter welligen Anhöhen verschwunden, die bis zum Horizont reichten. In den flachen Tälern bebautes Land, von Olivenhainen und kleinen Wäldchen blühender Akazien durchsetzt. Dazwischen glitzernde Wasserläufe. Ein Stück Paradies, dachte Eleonore, und wie herbeigerufen brach auch Sonne durch eine der Himmelslücken. Sie lächelten einander an, die Sonne und sie, und niemand brauchte zu wissen, daß dies Zwiesprachen ihres Lebens geworden waren, denen sie am meisten traute. Jahrzehntelanges künstliches Erzeugen von Empfindungen, Gesprächen, Gedankengängen hatte sie immer dringlicher in diesen anderen Dialog getrieben. Sie war dazu übergegangen, Vorgänge der Natur auf sich selbst zu beziehen, sie in ein anregendes Spiel aus Frage und Antwort zu verwandeln. Spiegelungen. Sie fand ihre Trauer im dunklen Wehen sonnenlosen Laubes beantwortet, ließ Nervositäten vom Niederrauschen eines plötzlichen Regens beschwichtigen, als spräche eine ruhige Stimme zu ihr. Nach schweren und gedankenvollen Nächten konnte ein glasklarer, blitzend heller Morgen, in dem Wölkchen trieben und Windstöße das durchgoldete Blattwerk wirbeln ließen, sie unvermutet mit ekstatischer Freude durchströmen. Wenn eine Idee sie erschreckte und gleichzeitig ein Vogelschwarm an ihrem Fenster vorbeistob, erschien diese Koinzidenz ihr als folgerichtig. Einmal hatte sie weinend am Fenster gestanden, von Tränen überkommen, die sich nicht mehr bändigen ließen, und in den blühenden Flieder hinuntergestarrt, in den es kurz davor hineingeregnet hatte. Schwer und naß hingen die Dolden am Strauch, und sie schaute in die Empfindung ihres eigenen tränenüberströmten Gesichts. Das Bild und ihr Innenzustand stimmten völlig überein, eines schien das andere zu kommentieren.

Je älter sie wurde, bestimmten solche Kommentare ihr Leben zunehmend stärker als jene aus menschlichem Mund. Ein weiterer zwingender Grund, mich der Schauspielerei zu entziehen, dachte Eleonore. In diesem Moment sah sie zwei weiße Vögel neben einem Gewässer auffliegen, und für sie waren es helle Ausrufungszeichen hinter diesem Gedanken.

Dann hörte sie, wie Melanie sich am anderen Ende des Abteils von ihrem Sitz erhob, sie hörte es, obwohl es mit weichen und fast lautlosen Bewegungen geschah, und wandte ihr den Kopf zu. Melanie stand bereits in der Türe, deutete lächelnd mit dem Zeigefinger Richtung Toilette, es hieß: Ich komme gleich wieder und will niemanden stören. Eleonore lächelte zurück und nickte. Melanie wehte sanft davon, das Wiegen des Zuges mit ihren Hüften bestätigend.

»Sie kann sich immer noch bewegen –«

Harry hatte unter der bergenden Hand und ohne den Kopf zu heben Melanies Aufbruch ebenfalls mitverfolgt. Der halbe Satz war aus seinem Mund geflattert wie ein trockenes Blatt, raschelnd und leise. Aber Eleonore wartete auf die Fortsetzung.

»Wie?« fragte sie schließlich.

Da hob Harry das Gesicht aus seiner Handfläche, stützte es blinzelnd auf die geballte Faust und schaute Eleonore so an, als wäre durch sie hindurch alles zu sehen, wonach er suchte. Sein Blick drang geradewegs auf sie ein und räumte sie gleichzeitig zur Seite.

»Wie ein schönes Mädchen eben«, sagte er, wieder mit diesem Rascheln in der Stimme, »vielleicht – wie Gras, hohes Gras. Du weißt – Gras mit Rispen, die immer dem Wind gehorchen, wie Wellen.«

»Ja, so bewegt sie sich«, sagte Eleonore, obwohl sie für seine auf sie gerichteten Augen nicht vorhanden war. Harrys Gesicht erhellte der Widerschein einer Erinnerung, die er mit niemandem teilte.

Hektor war aufgewacht und gähnte diskret, während er ebenso diskret über sein Schläfenhaar fuhr, um sich dessen unzerstörter Ordnung zu vergewissern. »Was ist mit Gras und Rispen?« fragte er, nochmals gähnend. »Ihr führt wohl ein naturkundliches Gespräch? Interessant.«

»Kann man so nennen«, gab Harry sarkastisch zurück, und der Widerschein auf seinem Gesicht erlosch.

»Ich habe zur Natur nach wie vor nichts zu sagen«, Hektor gähnte wieder, »je weniger sie mich belästigt, desto gewogener bin ich ihr. Im Gras fürchte ich mich vor Schlangen und Käfern, die Rispen klettern mir in die Socken und kratzen, nichts ist mir lieber als ein gepflastertes Weglein. Daneben können ja meinetwegen ein paar Blumen blühen, aber bitte nichts Wildes, Wucherndes. Golfplätze habe ich gern. Da herrscht Ordnung, und sie sind trotzdem schön grasgrün. Vegetation soll mich nicht bedrängen, sondern bedienen. Ich bin auch nicht gern am Meer, wo einem der Sand in alles hineinschlüpft.«

»Wohin schlüpft er dir denn, der Sand?« brummte Marisa, ebenfalls erwacht, aber Hektor ließ sich nicht erschüttern.

»Nichts Schöneres als ein Pool mit breitem Betonrand und buntbezogenen Liegen, alles sauber, komfortabel, irgendwo kann ja ein Stück Meer zu sehen sein, aber in gebührendem Abstand bitte, und möglichst knallblau. Ihr könnt ruhig sagen, daß ich ein Banause bin, denn ich weiß, daß ich der einzige ehrliche Banause unter uns Banausen bin. Insgeheim seid ihr alle meiner Meinung.«

Er lachte mit seinem schönen Gebiß, ein wenig zu schön und neu, dachte Eleonore. Alle Schlacken der Schläfrigkeit waren nun von ihm abgefallen. August hatte seinen vorgeblichen Schlummer ebenfalls aufgegeben und starrte Hektor müde an.

»Deine Provokationsversuche haben mich immer schon gelangweilt«, murmelte er. »Wer so angepaßt lebt wie ein Maßschuh, soll beim Schrittempo bleiben. Jeder Sprung wirkt lächerlich.«

Hektor lachte nochmals auf, mit glänzenden Zähnen und standfestem Willen, sich nicht beleidigen zu lassen. Jetzt hat August gesprochen wie früher, dachte Eleonore und fühlte eine seltsame, zutrauliche Wärme in sich aufsteigen.

Der Zug fuhr über eine Brücke, die Eisenstreben knatterten in schnellem Rhythmus vorbei. In der Tiefe wand sich zwischen schlammigen Ufern ein kleiner

Fluß. Eleonore erhaschte noch den Anblick dicht stehender Dotterblumen, die den Wasserlauf wie große gelbe Kissen säumten, da war die Brücke schon überquert und die tiefe Rinne des Flußbetts wie vom Erdboden verschluckt. Plötzlich sagte Marisa, die sich eben unter gewaltigem Strecken und Seufzen aus dem Brunnen ihrer Trägheit zog, mit tiefer, kehliger Stimme: »Jetzt hat er gesprochen wie früher.« Dann gähnte sie unbeherrscht.

Erstaunt wandte Eleonore ihr den Kopf zu. »Was hast du da gesagt?«

»Ich habe gesagt, jetzt hat er gesprochen wie früher.«

Marisa zog die Umhängetasche auf ihren breiten Schoß und begann darin zu kramen.

»Stimmt doch, oder? Er hat damals Sätze benutzt wie Peitschen. Ich bin oft genug getroffen worden, sicher habe ich davon noch Striemen.«

Anscheinend wollte sie verspätet zurückschlagen. Sie knuffte August sogar mit der Faust in den Oberarm, offensichtlich nur zur Hälfte im Scherz. Er reagierte mit einem überraschten »Au!« und einer abwehrenden Geste.

»Hab dich nicht so«, sagte Marisa kühl und zog wieder ihre unvermeidlichen Schminkutensilien hervor. »Wer austeilt, muß auch einstecken. Verbal schaffe ich es nicht so gut, also haue ich lieber, dafür bin ich bekannt. Gott, hab ich Männer schon verhauen.«

Sie lachte auf, ein wenig heiser, und begann ihren weit geöffneten Mund aufs neue mit fettigem Zyklamerot zu überziehen. Ungeniert versank sie in diesem Tun, dem letzten gesicherten Ritual im Dienste einer zerfallenden Gottheit, ihres Gesichts. Als breite sie glättendes Öl über Wogen der Angst, ließ sie den Stift über ihre Lippen gleiten.

August hatte sich Marisa zugewandt, um ihr scharf zu entgegnen. Sein Mund war bereits leicht geöffnet, doch er hielt inne und schloß ihn wieder. Eine Weile ruhte sein Blick auf ihr, und alle Schärfe war daraus geschwunden. Dann sah er zu Eleonore herüber und schüttelte kaum merklich den Kopf, sichtlich Einverständnis heischend: *Was kann man da noch machen. Was soll man da noch sagen.* Dann nahm er die Brille ab und begann sie mit einem Zipfel seines Hemdes zu putzen, als könne er so verwischen, was er zuvor gesehen hatte.

Wie leicht sie es sich alle machen, dachte Eleonore, wie schnell sie ihre teilnahmslosen Aburteilungen parat haben, ihr erbarmungsloses Bedauern. Sie fühlte genau, was August dachte. Wenn er die geschundene Frau an seiner Seite mit dem königlich schönen Mädchen von ehedem verglich, glaubte er das weibliche Schicksal im allgemeinen wahrzunehmen. Nicht aus Mitleid hatte er einen weiteren ätzenden Satz verschluckt, sondern aus Diskretion und Unbehagen. *So ist es eben, so werden sie, traurig, aber wahr.*

Marisa ließ ihre Puderdose laut zuschnappen und warf sie in die Tasche zurück. Dann zupfte sie an dem roten Seidentuch herum, bis es die große Sonnenbrille berührte. Als nur noch die Hälfte ihres Gesichts zu sehen war, ein wenig Nase, der Mund und die Kinnpartie, fühlte sie sich wohl gegen die Angriffe dieser Welt ausreichend abgeschirmt.

»Trägst du ständig Brille?« fragte sie, als August sein Hemd wieder in die Hose stopfte und die geputzte Brille auf die Nase setzte. Er schwieg, aber seine Stirn rötete sich leicht.

»Ich sehe auch schon recht schlecht«, warf Eleonore sofort dazwischen, »demnächst brauche ich eine.« O je, schon wieder meine alles ordnende Hand, dachte sie gleichzeitig.

»Keiner entgeht seinem Schicksal«, griff Hektor jetzt ein, zog eine formvollendete Hornbrille aus der Jackettasche und setzte sie auf. Dann sah er um sich. »Wo bleibt der Applaus?«

»Ein Traummann«, brummte Marisa.

Die anderen lächelten müde. Harry starrte aus dem Fenster. Also nahm Hektor seine Brille wieder ab und steckte sie weg. »War nichts«, sagte er ruhig und lehnte sich bequem zurück.

Ohne sein Tempo zu verringern, schwenkte jetzt der Zug in eine mächtige Kurve, was alle Insassen des Abteils in Bewegung brachte. »Holla«, murmelte Marisa sofort mit dunkler Stimme und griff an ihr verrutschendes Seidentuch. Mit der Richtungsänderung schien die Sonne auf einmal direkt in das Abteil. Grell lag das Licht auf den Gesichtern und schonte sie nicht.

»Die Hitze wird uns zu schaffen machen«, bemerkte Hektor seufzend. »Auf was wir uns da eingelassen haben? Was soll denn überhaupt gesagt und getan werden? Was sollen wir beweisen? Kann mir das einer von euch sagen?« Flehend sah er August an, der leise auflachte.

»Wir sollen beweisen, daß wir noch am Leben sind«, sagte er, »eine der schwierigsten Beweisführungen überhaupt. Wer von euch ist sich denn völlig sicher, daß er am Leben ist?«

»Er fängt wieder an«, kam es dumpf aus Marisas Ecke. Harry sah August mit unverhohlener Wut an, kaum zu fassen, daß die zwei sich eine Weile davor angeregt und heiter unterhalten hatten. Was sich aus Harrys Augen ergoß, war heiße Lava. Warum ist er so wütend? fragte sich Eleonore.

»Du kannst es nicht lassen, ständig an den Grundfesten unserer menschlichen Existenz herumzugraben, Teufel noch einmal«, zischte Harry August an.

»Der ist nicht gut drauf«, brummte Marisa.

»Kommentiere du nicht alles wie ein Sportreporter!« schrie Harry sie an.

Hektor starrte gepeinigt vor sich hin. »Jetzt geht das wieder los«, flüsterte er. Er wirkte plötzlich, als sei kein menschliches Ohr mehr der Vernunft zugänglich, und er, Hektor, sähe sich allein einer Horde Wilder ausgeliefert.

»Ich dachte, das Geschwätz unserer Jugendtage wäre mittlerweile verklungen«, rief Harry schrill in das Abteil, »aber die eine hat es immer noch mit ihrer lähmenden Wahrheit, der andere mit seinen tiefsinnigen Fragen! Verdammt noch mal, wir sind erwachsen, und die Welt hat uns im Griff, merkt ihr das denn nicht? Es gilt den Händedruck zu erwidern, aber ihr wollt euch immer nur entwinden! O diese böse, böse Welt! Gleichzeitig aber sollen die Hände, die ihr nicht ergreifen wollt, euch applaudieren, oder? Ihr lebt doch von dem, was die Welt für euch übrig hat! Ihr seid doch auch nichts anderes als Schausteller, Herzeiger, Personen öffentlichen Interesses. Öffentlich, verstanden? Weder seid ihr Einsiedler noch Privatiers, weder lebt ihr von den Beeren des Waldes noch von ererbtem Vermögen, sondern davon, daß man euch anerkennt, nur Anerkennung zählt, der Rest ist Schweigen und Brotlosigkeit. Also bleibt auch euch nichts andres übrig, als der Welt auf ihr plattes Maul zu schauen, wie Eleonore zuvor festzustellen für nötig hielt. Was habt ihr gegen das Maul der Welt? Aus ihm kommt der Atem, der euch bewegt. Natürlich kein wohlriechender Atem, er will ständig parfümiert werden, aber kräftig ist er! Und woraus besteht die Parfümierung? Aus uns!! Wir Theaterleute sind nicht das

Salz, sondern das Parfum der Erde! Wir sechs hier in diesem Zugabteil sind einer verlogener als der andere, schaut euch doch an! Hektor hat von unseren Attitüden gesprochen – aber ja doch, verdammt noch mal! Wir sind nicht zusammengekommen, um einander zu erklären, weshalb wir existieren! Wir existieren nämlich überhaupt nicht, wir sind Lug und Trug, amen!«

Die Gleisstrecke begradigte sich, und der heiße Sonnenschein zog sich aus dem Abteil zurück. Keiner hatte Lust zu antworten, und Harry schien es auch nicht zu erwarten. Die Explosion war vorbei. Er hat es sich selbst wieder einmal gesagt, dachte Eleonore und betrachtete sein Gesicht. Wie zerfallen er aussehen kann. Wir alle sind in einem Alter, in dem sich sehr rasch zeigt, wenn die Fassung verloren geht. Die Gravuren sind bereits tief, es ist nicht mehr ein leichtes, sich über sie zu erheben und weichere Linien darzubieten. Was die vielen Jahre eingeritzt haben, kann nur der völlig gelöste, heitere Moment noch glätten.

Melanie kam in wiegender Lautlosigkeit von der Toilette zurück und glitt auf ihren Platz. Als Eleonore ihr aufmunternd zunickte, lächelte sie kurz, richtete dann ihren Blick jedoch, wie von einer Schnur gezogen, an allen vorbei zum Fenster. Dieses schnurgerade, unbeteiligte Schauen, überlegte Eleonore, sie hat es auch damals schon eingesetzt, um sich aus dem herauszuhalten, was an sie heranwollte. Auch das Lächeln eben – immer schon ist sie damit jeder Verwirrung entgangen. Sicher hat sie genau gefühlt, was an heißem Atem und an Emotionen während ihrer Abwesenheit in diesem engen Zugabteil aufgestiegen war, aber sie will davon nicht Kenntnis nehmen. Beneidenswert.

Eleonore seufzte lautlos auf. Diese nicht auszumerzende Neigung von ihr, Menschen um Eigenarten zu beneiden, die sie eigentlich nicht mochte. Da beneidest du Menschen ihrer glatten Umgangsformen wegen und kannst doch menschliche Glätte nicht leiden. Du beneidest einen, weil er sich rücksichtslos behauptet, und verachtest kaum etwas so sehr wie rücksichtslose Selbstbehauptung. Neidvoll kannst du ein nichtssagendes Gesicht betrachten, nur weil es hübsch ist, und wendest dich gegen nichtssagende Hübschheit, wenn irgendwo davon die Rede ist. Und so weiter.

Heißt das, daß ich mich konsequent belüge? fragte sich Eleonore, während sie feststellte, daß der Himmel über der immer noch flachen Landschaft nun wolkenlos und leuchtend blau geworden war. Aber das Paradiesische war gewichen, die Wasserläufe und das Grün. Sie fuhren jetzt durch eine hastig errichtete Siedlung, die Betonwände in grellen, bereits wieder abblätternden Farben verputzt, mit ausgedorrten, von Fahrspuren zerklüfteten Pisten anstelle von Straßen. Ab und zu der trübe Blick eines spielenden Kindes oder eines ausgemergelten Hundes.

Sind die Vorzeichen, die ich meinem Leben zu geben versuche, nur Fiktion? Nicht ursprünglich aus mir geboren? Ihre Nase juckte, sie rieb mit dem Handrücken darüber. Ein fahles grünes Betonhaus, dicht an den Bahngeleisen gelegen, zischte an ihr vorbei wie ein Schwall Erbrochenes. Was eigentlich ist meine Überzeugung? dachte sie. Wovon möchte ich Zeugnis ablegen? Was bezeugen? Ihr fielen die Worte wieder ein, die sie einmal in eines ihrer Rollenbücher gekritzelt hatte, als die Probenarbeit sie anödete und sie den Sinn dieser Darstellungsversuche plötzlich nicht mehr erkennen konnte. Da hatte sie, mitten auf der Bühne stehend, in großen heftigen Lettern auf irgendeine Seite des Textbuches geschrieben: Der Wunsch, vor dem Auge eines Gottes zu leben und ihm verantwortlich zu sein.

Jetzt schoß eine Reihe Häuser in schleimigem Gelb, näher aneinandergebaut, in schnellem Rhythmus vorbei.

DER WUNSCH, VOR DEN AUGEN EINES GOTTES ZU LEBEN UND IHM VERANTWORTLICH ZU SEIN. Ja. Dieser Wunsch hatte sie angetrieben, Schauspielerin zu werden. Und ebendieser Wunsch hatte späterhin allmählich zu der Überzeugung geführt, zu ihrer Überzeugung, daß es notwendig ist, die Hülle dieses Berufes zu sprengen. Daß das Spiel, die gespielte Schau, nicht zuläßt, zu einer inneren Schau zu gelangen.

Du meine Güte, könnten die anderen hier meine Gedanken hören, dachte Eleonore. Aber die Fragen verfolgten sie weiter, ihr war, als würde sie von ihnen auf unsicheren Grund gezogen, als müßte sie sich ihnen entgegenstellen, sich ihnen verwehren. Besser, sie stellte sich vor, wie Harry zum Beispiel reagieren würde, wenn sie ihm die Sache mit der inneren Schau erklärte! Sein im Halbschlaf gelöstes Gesicht käme sofort wieder zu Kräften, er würde wiehern vor Vergnügen. Innere Schau! Habt ihr gehört, Schauspielerfreunde? Ha. Wir zum Äußern, auf Äußerungen hindressierten Geschöpfe werden nie, hört ihr, nie! zur inneren Schau gelangen, was für ein Drama! Sie hörte ihn förmlich, sah sein belustigtes, böses Gesicht vor sich, und das entriß sie dem Sog ihrer Fragen.

Die Siedlung aus verkommenen Neubauten blieb zurück, mußte sich am äußersten Rand des Städtchens befunden haben, das der Zug jetzt durcheilte. Zum Teil bestand es noch aus alten Steinhäusern, einige davon ebenfalls bunt bemalt. Aber hier: Welche Würde der Farben, auch der abblätternden, vergilbenden. Erdrot, Terrakotta, Sonnengelb, Löwenzahngelb, Lindgrün, Meerblau. Erde, Sonne, Blume. Und sterbend wie sie, dachte Eleonore, letzte Bastionen einer zum Tode verurteilten Lebensweise.

Der Zug sauste an einer Bahnschranke vorbei, hinter der Menschen und Autos warteten. Flüchtig konnte Eleonore in eine kleinstädtisch belebte Straße hineinschauen. Dann wieder Hinterhöfe und kleine trockene Gärten. Sie liebte es, im Vorüberfahren durch Fenster zu spähen, die flüchtigen Zeichen menschlichen Lebens wahrzunehmen. Und zwar in dieser durch nichts zu verlängernden Kürze, in der sich dem Auge sekundenschnell etwas einprägt, das dann für immer verschwindet. Ein verlassenes Strickzeug neben einem verschlissenen Polstersessel am Hauseingang. Eine wehende Gardine mit Glockenblumenmuster, die eine Hand zur Seite zu schieben versucht. Die dicken, braungebrannten Arme einer Frau, die vom Fenster aus in das Zimmer hinter ihr zurücklacht. Ein Kind, das, auf der Gartenbank kauernd, in einer Schachtel kramt. Ein Blumenübertopf aus rosa Email. Teile eines geborstenen Bettgestells, von Unkraut überwuchert. Unwiderruflich einmalige Bilder, und hinter jedem dieser Bilder eine Geschichte des Lebens, die niemals erzählt wird. Seit eh und je und ganz gegen all ihre Lebensinteressen hat sie verschämt gerade das geliebt, was sich der Darstellung entzieht. Was ohne Absicht Gegenwart auf sich nimmt, keiner Spiegelung, keines Widerhalls bedarf. Natur.

Sollte ich es einmal schaffen
neben dir bei mir zu bleiben
ohne mich verschließen zu müssen
dann werde ich zu dir gehen können
ohne Furcht

Sollte ich es einmal schaffen
neben dir unbeirrbar zu bleiben
ohne um mich schlagen zu müssen
dann werde ich dich umarmen können
ohne Traurigkeit

Sollte ich es einmal schaffen
neben dir mich selbst zu achten
ohne mich behaupten zu müssen
dann werde ich dich lieben können
ohne Schatten

»**Poetisch und witzig!**« ***Woman***

Paulina Neblo war gefeierte Tänzerin und erfolgreiche Choreographin, die Männer lagen ihr zu Füßen, sie hatte eine wundervolle Tochter und eine erfüllte Ehe. Als ihr Mann bei einem Autounfall ums Leben kommt und kurz darauf ihre Tochter stirbt, zieht sie sich aus dem Leben zurück – bis sie mit 70 Jahren beschließt, der scheinbaren Zukunftslosigkeit des Alters trotzig die Stirn zu bieten: Auf einem Laptop beginnt sie, Tagebuch zu schreiben und dabei über ihr Leben zu sinnieren …

Erika Pluhar hat ein berührendes Portrait einer kompromisslosen Frau geschrieben, die im Alter die Liebe und das Leben wiederfindet.

Erika Pluhar, Spätes Tagebuch. Roman. insel taschenbuch 4091. 219 Seiten

NF 157/1/8.12

»Patty Marx besitzt einen unvergleichlichen Humor, ihr Buch ist brillant.« ***Woody Allen***

»Wally ist der perfekte Mann.«
»Perfekt ist nicht mein Typ.«

Auf einer Party in New York begegnen sich die fröhliche, aber leicht neurotische Dessous-Designerin Imogene Gilfeather und der eigenwillige, aber liebenswerte Wissenschaftler Wally Yez. Während sich Wally sicher ist, für Imogene bestimmt zu sein, hält sich ihr Interesse an Liebe und Romantik in Grenzen. Trotzdem nimmt die Liebe ihren Lauf. Aus einem Date werden zwei, dann drei, dann viele. Imogene und Wally werden ein Paar. Doch hält das Glück, was es verspricht?

Mit viel Witz, einer Portion Ironie und einer gehörigen Prise schwarzem Humor erzählt *Zurück auf Glück* von der Alchemie der Paarbeziehung – von zwei Menschen, die nicht aufeinander gewartet haben und doch füreinander bestimmt sind …

Patricia Marx, Zurück auf Glück. Roman. Aus dem Amerikanischen von Regina Rawlinson. insel taschenbuch 4168. 213 Seiten

NF 156/1/8.12

Eine Reise in ein neues Leben – auf den Wegen, die das Schicksal lenkt …

Cherbourg, 1912. Tess, ein einfaches Nähmädchen, träumt davon, ihre eigenen Kleider zu entwerfen, prachtvolle Roben zu schneidern und eines Tages selbst zur Welt der Haute Couture zu gehören. Als sie die berühmte Modedesignerin Lady Lucile Duff Gordon auf der Titanic nach New York begleiten darf, scheinen all ihre Träume in Erfüllung zu gehen – bis das Undenkbare passiert und Tess' Leben eine ungeahnte Wendung nimmt …

Ein Koffer voller Träume ist ein hinreißender Roman über die großen Gefühle einer jungen Liebe und die atemberaubende Welt der Mode im pulsierenden New York zu Beginn des 20. Jahrhunderts.

Kate Alcott, Ein Koffer voller Träume. Roman. Aus dem Amerikanischen von Gabriele Gockel und Barbara Steckhan. insel taschenbuch 4182. 393 Seiten

NF 155/1/8.12

Italienisch für Anfänger ... oder: der Traum vom eigenen Palazzo

In Umbrien entdeckt die Autorin das Haus ihrer Träume: einen halbzerfallenen Palazzo am Rand eines kleinen Dorfes. Das Haus ist hohl und löchrig, es fehlen Fußböden und Türen, Abflussrohre und Wasser. Dennoch stürzt sich Lisa unbeirrt mitsamt ihrer britisch-schrulligen Familie, sechs Klavieren und zwanzig Katzen hinein in das Projekt Italien. Die Dorfbewohner wundern sich, die Handwerker sind nicht immer wohlgesonnen, Banken endlos bürokratisch, Träume in jeder Hinsicht extravagant. Der schottische Maler-Ehemann stolziert in Highland-Montur über das Anwesen, um den Fortgang der Bauarbeiten zu inspizieren, während die hübsche Tochter Iseult sämtlichen Jungen im Dorf den Kopf verdreht ...

Lisa St Aubin de Terán, Ein Haus in Italien. Roman. Aus dem Englischen von Ebba D. Drolshagen. insel taschenbuch 4123. Etwa 295 Seiten

NF 120/1/1.12

Eine Liebesgeschichte, die ganz Amerika aufwühlte

Es ist eine schicksalhafte Begegnung, als Mamah Borthwick Cheney 1907 den jungen Architekten Frank Lloyd Wright kennenlernt ... Die beiden verlieben sich leidenschaftlich ineinander, doch beide sind verheiratet und haben Kinder. Mamah und Frank fassen einen radikalen Entschluß: Für einen gemeinsamen Neuanfang brechen sie alle Brücken hinter sich ab und fliehen gemeinsam nach Europa: ein Skandal, der ganz Amerika empört – üble Nachrede verfolgt die beiden bis über den Atlantik. Jahre später kehren die beiden in die USA zurück, wo Frank seiner Geliebten die Fluchtburg Taliesin baut. Doch für Mamah scheint es keinen Weg zurück zu geben ...

Ein ergreifender Roman über die Macht der Gefühle, schicksalhafte Entscheidungen und den Mut, als Frau den eigenen Weg gegen alle Widerstände zu gehen.

Nancy Horan, Kein Blick zurück. Roman. Aus dem Amerikanischen von Brigitte Heinrich. insel taschenbuch 4046. 530 Seiten

NF 102/1/11.11

Eine Geschichte von Liebe, Freundschaft und Verrat – durchdrungen von den treibenden Rhythmen des Jazz

Hiero Falk, ein junger und außergewöhnlich talentierter Jazztrompeter, spielt zusammen mit den »Hot-Time Swingers« im Berlin der dreißiger Jahre in Kellerbars – heimlich, denn »schwarze Musik« ist nicht erlaubt. Seine Hautfarbe macht es nicht einfacher; die Gefahr, als »Mischling« von den Nazis verhaftet zu werden, steigt mit jedem Tag.
Als jedoch die geheimnisvolle und schöne Amerikanerin Delilah auftaucht, scheint nicht nur Hieros Traum wahr zu werden: Sie will die Band nach Paris holen – zu keinem Geringeren als Louis Armstrong, um mit ihm eine Schallplatte einzuspielen. Doch die Ereignisse überschlagen sich und reißen alle Beteiligten mit in eine ungewisse Zukunft …

Shortlist Orange Prize for Fiction 2012
Shortlist Man Booker Prize 2011
Scotiabank Giller Prize 2011

Esi Edugyan, Spiel's noch einmal. Roman. Aus dem Englischen von Peter Knecht. insel taschenbuch 4083. 395 Seiten

NF 103/1/11.11

Ein Straßenjunge, der mit seiner Musik die Welt verzaubert …

Die Straßen von Hastinapur sind Kalus Zuhause. Der Junge arbeitet hart für ein paar Rupien und einen einfachen Schlafplatz. Denn er ist glücklich: Er hat Freunde – und er hat die Musik. Mit seinem Flötenspiel verzaubert er die Welt … Eines Tages bietet sich ihm die Chance seines Lebens. Doch dafür muss er Hastinapur und Malti, seine geliebte Freundin, verlassen. Er verspricht zurückzukommen … Werden sie sich wiedersehen?

Der Klang der Sehnsucht ist ein ergreifender Roman über die Macht der Musik und die alles überdauernde Kraft der Freundschaft.

Manisha Jolie Amin, Der Klang der Sehnsucht.
Roman. Aus dem Englischen von Ursula Gräfe.
insel taschenbuch 4121. 309 Seiten

NF 133/1/2.12

Eine Liebe in Zeiten des Krieges

Am Vorabend des Ersten Weltkriegs. Adèle und Wilhelm kennen sich seit Kindheitstagen. Aus kindlicher Freundschaft wird eine leidenschaftliche Liebe – eine Liebe, die nicht sein darf. Die Tochter eines elsässischen Weinbauern und den Sohn aus reichem Berliner Hause trennen nicht nur die gesellschaftlichen und politischen Umstände. Denn als sich die deutsch-französischen Auseinandersetzungen zuspitzen, finden sie sich plötzlich auf gegnerischen Seiten wieder …

Ein bewegender Roman über eine Liebe gegen alle Konventionen und Widerstände.

Karsten Flohr, Zeiten der Hoffnung. Roman
insel taschenbuch 4146. 365 Seiten

NF 136/1/3.12

»Wir lieben uns. Wir mögen uns nur nicht besonders.«

Rosalind, Bianca und Cordelia: Die drei eigenwilligen Schwestern – von ihrem exzentrischen Vater liebevoll nach Shakespeare-Heldinnen benannt – kehren eines Sommers nach Hause zurück, in die kleine Universitätsstadt im Mittleren Westen. Die Freude über das Wiedersehen währt nur kurz, denn die temperamentvollen jungen Frauen und ihre gut gehüteten Probleme stellen die familiäre Harmonie auf eine harte Probe …

Mitreißend und tiefgründig, spritzig und humorvoll erzählt *Die Shakespeare-Schwestern* vom Los und Segen lebenslanger Schwesternbande, die – sosehr man sich bemüht, sie zu lösen – doch allen Stürmen des Lebens standhalten.

Eleanor Brown, Die Shakespeare-Schwestern. Roman. Aus dem Amerikanischen von Brigitte Heinrich und Christel Dormagen. insel taschenbuch 4135. 374 Seiten

NF 137/1/3.12

»Ein unglaublich bewegendes Buch.« ***NDR Kultur***

Es ist das Jahr 1961 – das Jahr, in dem John F. Kennedy Präsident wird, Gagarin in den Weltraum fliegt und der Bau der Berliner Mauer beginnt. Der zehnjährige Finn lebt mit seiner Mutter in einer schmucklosen Vorstadt von Oslo. Er ist schmächtig, aber vielleicht der Klügste seiner Klasse.
Eines Tages steht seine kleine Halbschwester Linda mutterseelenallein vor der Tür – mit einem himmelblauen Koffer und jeder Menge emotionalem Sprengstoff im Gepäck.
Für Finn beginnt ein Sommer, den er nie vergessen wird …

Ein Familienroman voller Wärme und Magie und eine ergreifende Geschichte über die große Macht des Kleinen.

Roy Jacobsen, Der Sommer, in dem Linda schwimmen lernte. Roman. Aus dem Norwegischen von Gabriele Haefs. insel taschenbuch 4127. 294 Seiten

NF 138/1/3.12

Es war einmal in Paris …

Paris in den 1960er Jahren. Michel, gerade erst zwölf Jahre alt geworden, taucht ein in ein ganz neues Leben: Er entdeckt die Welt der Jugend und des Rock 'n' Roll, atmet die Luft der Intellektuellen und Literaten, die mit Gitanes-Zigaretten und Sartre-Bändchen in den Cafés und auf den Boulevards eine neue Zeit diskutieren. Durch die Linse seiner Kamera fängt er die Winkel und Gassen der Stadt ein und erlebt seinen ersten Kinofilm wie eine Erweckung.
Eines Tages stößt er im Hinterzimmer eines Bistros auf den »Club der unverbesserlichen Optimisten«. Hier trifft er Menschen, die zu Freunden werden, zu Vertrauten und Begleitern. Und schließlich erlebt er seine erste große Liebe …

»Ein Buch voll ungebrochenem Optimismus. Ein wunderbarer Schmöker.« *titel-magazin.de*

Jean-Michel Guenassia, Der Club der unverbesserlichen Optimisten. Roman. Aus dem Französischen von Eva Moldenhauer. insel taschenbuch 4136. 688 Seiten

NF 139/1/3.12